99歳ちりつもばあちゃんの幸せになるふりかけ

たなか とも 著

じゃこめてい出版

はじめに——ちりもつもればお福箱

わたしは、おばあちゃんに育てられました。

父と母が共働きだったため、朝起きたときにはいなくて、夜寝るときにはまだ帰ってこない両親との暮らしは、ほとんど思い出せません。結婚するまでの二十七年間、おばあちゃんとの暮らしが、わたしの暮らしそのものでした。

自分の部屋をもらってからも、おばあちゃんの部屋にふとんをもち込んでいたほどです。それほどのおばあちゃん子でした。

それなのに、結婚後はあっさりおばあちゃん離れしたわたし。春に結婚したわたしが家に行ったのは翌年のお正月、夫と二人の新年挨拶のたった数時間。

なぜか。

結婚が決まると、耳にたこができるほどこう言われたからです。

「あんなあ、ともちゃん。結婚したら、そうそう実家に電話したり帰ってきたりするもんちゃうえ。早《はよ》う婚家になじむんやで。結婚したら、あんたの家はタカさんの家。わたしもこれで肩の荷おりるわ」

結婚式当日、「ほな、さいなら」と、おばあちゃんは明るくうれしそうにわたしを送り出しました。まるで、わたしが近くの商店街に買い物にでも行くかのような軽さ、明るさで。拍子抜けするようなお別れでした。

わたしたち家族が京都を離れ千葉に引っ越すときも、「いつでも、すぐまた会えるがな。ほな、気ぃつけていっといでな」と、さらりと送り出してくれたおばあちゃん。

わたしがおばあちゃん子であったことなど、きれいさっぱり忘れてしまうようなおばあちゃんの言葉。だからでしょうか、わたしは里帰り出産を思いつきもしませんでした。京都を離れるときでさえ電話で済ませたほどです。

ほんとうに芝居上手なおばあちゃんでした。

とは言うものの、わたしはおばあちゃんと離れた気はしませんでした。電話したらいつでも声がきける。だから、おばあちゃんはいつもそばにいてくれる。ぬか床を混ぜては、シーツにのりづけしては、酢飯をあおいでは、おばあちゃんを思う、そんな感じでした。おばあちゃんが年をとり、認知症になっても、施設にはいっても、おばあちゃんの前では、わたしはいつも小さいころのわたしでいられました。ずっとそばにいてくれると信じて疑いもしませんでした。

そんなおばあちゃんが骨折で入院したのは九十九歳のときです。

入院して一週間め、お医者さまに「もう時間の問題です」と言われ、家で看取ることにしました。それが両親とわたしたち家族全員の二十四時間自宅看護の始まりでした。

数日もてば奇蹟と言われたおばあちゃんの容態は、家に帰るともちなおしました。病院では悲鳴をあげていたのに自宅ではそういうこともなくなりました。看護自体は大変でしたが、するほうもされるほうもこころ穏やかな看護生活が二か月続いたころのこと。

ある日。

おばあちゃんは、わたしにしっかりした口調でこう言ったのです。

「よろこびなさい」

突然のことでした。

「ん？　よろこびなさい、って？　おばあちゃん。よっしゃ、わかった、よろこぶわ」

わたしは、ためらうこともなく、こんなまぬけな返事をしていました。

二、三日して、おばあちゃんがもう一度言いました。

「よろこびなさい」

「はい、おばあちゃん。よろこびなさい、やな。わかったえ」

もちろんよくわかっているわけもないのに、元気よく答えるわたし。

それきり、おばあちゃんは何にも言わなくなりました。

そして、四日後の朝、静かに息を引きとったのです。

「よろこびなさい」、それがおばあちゃんの遺言となりました。

わたしには、「よろこびなさい」の真意がわかりませんでした。段ボールいっぱいのおばあちゃんのメモや手紙、おばあちゃんの俳句を整理するまでは。

「ともから電話あり。元気さうやった。うれしい」「ともが、子たちのことで悩んでる。私にできることは何だらうか」「代われるものなら代わってやりたい」「仏さま、このオバの命を差し出します。子たちをどうぞ守ってください」

どのメモにもおばあちゃんの思いがあふれていました。

おばあちゃんはどんな思いでわたしを嫁に出したのでしょう。どんな思いで千葉に送り出したのでしょう。

そのときふと気がついたのです。

小さいころ、毎晩寝るまえにおばあちゃんに「今日のうれしいは何やった?」ときかれていたことを。

「かなしいときでも一つくらいはうれしいあるもんえ。どんなにつろぉても、うれしいみつけられたら乗り越えられるしな」と言われていたことを。

そういえば…。そういえば…。「そういえば」がいっぱい出てきました。

「よろこびなさいって、うれしいみっけやったん? おばあちゃん、そうなん?」

このことをきっかけに、わたしのなかで何かがぐるんと一回転しました。

わたしの内側からおばあちゃんの言葉がするすると、出てきます。それが止まりません。

「あれ！　これっておばあちゃんが、あのとき、あんな風に言っていたことやん！」

まるでわたしのあたまにおばあちゃん翻訳機がついているよう。


おばあちゃんの小さな知恵は、実はわたしのなかにあることも知りました。

おばあちゃんの言葉があふれてきます。書き出してみよう…。

日々の会話のなかにちりばめられていた、おばあちゃんの小さな思い。

日々の暮らしのなかにちりばめられていた、おばあちゃんの小さな知恵。

おばあちゃんがわたしにふりかけてくれていた、たくさんの幸せ。


ちりのような小さな知恵もつもりつもると大きな山。幸せがいっぱいつまったお福箱。

この、おばあちゃんのお福箱をひっくり返してみました。

あなたにふりかけられている小さな知恵を見つけるお手伝いに。
あなたのまわりにたくさんあるちりばめられた幸せを見つけるお手伝いに。
おばあちゃんの言葉がどれか一つでもお役に立てれば、幸いです。

そして。
この本があなたのおばあちゃんを想うきっかけになれば、こんなにうれしいことはありません。

もくじ

第4章　子育て　手塩にかけたおにぎり一つ

第6章　乗り越える　ころばぬ先の知恵一つ……153

おばあちゃんの魔法のコトバ・十八番　178

第1章

響き合うこころ

ちょっと気くばり　ぽっと幸せ

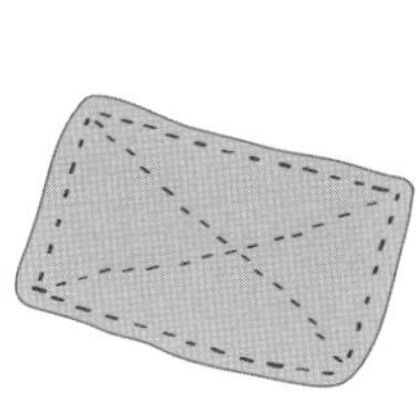

気ぃくばってうれしいのんは自分。気ぃつかってうれしいのんは相手。

「あんなあ、ともちゃん。あんたは、気くばりの人になるんやで。あたしみたいに、気づかいの人にならんときな」

結婚が二週間先にせまったゴールデンウィークの合間、荷物の整理をするわたしのそばで、おばあちゃんが言いました。

「何《なん》なん、おばあちゃん。気くばりと気づかいっておんなじちゃうんかいな」

「気くばりは、気ぃくばるんやがな。気づかいは、気ぃつかうんやがな。あんたは、気くばりの人になりな。あたしは昔の人間やさかい、どうしても、相手よしのくせが抜けへん。あんたはこれからの人間やさかい、自分よし、したらええ」

「なんや、ようわからへん。もうちょっと、わかるように言うてくれへん？」

「いんとくぜんじぃしたら、自分よし、になるわ。自分よし、になったら、気ぃくばれるわ。いんとくぜんじぃなんてもんは、せなあかん思ぉてするもんちゃう。あたしは昔、お念仏のように、いんとくぜんじぃ、いんとくぜんじぃ、言われて育ったけど、そんなん言われんかっても、人として、ええて思うことしたら、それでじゅうぶん」

「なんや、こんがらがってきてしもた。なあ、おばあちゃん。いんとくぜんじぃって、一休禅師《いっきゅうぜんじ》ぃの友だち？　どっかのおじいさん？　気ぃくばるんと、どう関係あるん？」

「※いんとくぜんじぃは、いんとくぜんじぃやがな。だあれも見てへんかっても、ええことしなさいや、ちゅう教えや。おばあちゃんのおばあちゃんが言うてはった。

ええことしてもやな、それ知ってるんは、神さんと自分だけ。それとおんなじで、気ぃくばるんかて、それ知ってるんは、神さんと自分だけ。

そぉと（それとは）ちごぉて、気ぃつかうんはやな、気ぃつかう先に相手がいる。自分が気ぃつこたこと、相手がさとるんや。まあ、言うてみれば、相手にさとらせるために気つかうみたいなもんやな。あて（わたし）は、あんさんのことだいじに思ぉてまっせ、てな。**も一つ言うとやなあ。気ぃくばってうれしいのんは自分。気ぃつかってうれしいのんは相手。もっと言うとやなあ。気ぃくばるんは、こころ。気ぃつかうんは、あたま。**

まあ、ともちゃん。人の目ぇ気にしんと、欲どしぃせんと（欲を出さずに）、せんならんとも思わんと、人として、ええて思うことしたらええねん。ほな、気ぃいっぱいこ（あふれるほどいっぱい）になるわ。気ぃいっぱいこになったら自然と気ぃくばれてるわ。

なんしか、ともちゃん。あんたは、自分よし、でよろこんでたらええ。よろこんでたら、いつの間にか気くばりの人になってるわ。

そやしな、ともちゃん。あんたは結婚しても、そのまんまのあんたでいたらええねん。結婚したら、タカさんと仲よう暮らすんやで」

あれから二十年。

生活協同組合の共同購入の箱を洗って干してきれいにする自分が、なぜかうれしい。マンションの掲示板をきれいにそうじする自分が、うれしい。

そっか。だから、おばあちゃんは、人知れず回覧板を修繕し拭き上げては一人よろこんでいたんだ。だから、托鉢僧に喜捨《きしゃ》をしていたんだ。庭の草花を一輪挿しに活けてたんだ。そっか。だから満ち足りた気持ちになれるんだ。だからまた、だれかに何かに気をくばれるようになるんだろうな。そっか…。

おばあちゃん、今日もわたし、自分よし、やったかなあ？　今日もわたし、いんとくぜんじぃしてたと思う？

なぁあ、おばあちゃん、神さんのかわりにおばあちゃんが見ててな。な、おばあちゃん。

＊いんとくぜんじ（ぃ）陰徳善事：人知れず善い行いをすること。見返りを期待せず人のために尽くすこと。

話すときあたまに、○○さん、って名まえつけて呼んどぉみ。

「ともちゃん、学校へ着いたら一番に、木村さんにお礼言《ゆ》うて、服お返しするんえ」

「木村さんってだれ？」

「あんたの学校の用務員の木村さんやないの」

「え？　そやっけ？　おばあちゃん、なんで知ってるん？」

「あんたんとこの金子先生が電話で言《ゆ》うてはったえ。用務員の木村さんに服をお借りしましたんでって。ともちゃん、用務員さんって呼ぶんやないえ。木村さんって呼ぶんやで。木村さんありがとうございましたって言《ゆ》うて、服返すんやで。ええな、わかったな」

あれは、わたしが小学五年生のころ。そうじの時間に柱にぶつかり、自分がもってたバケツいっぱいの水をかぶってこけたことがあります。用務員室で洋服を借りた翌々日、せんたくした服をわたしに手渡しながら、おばあちゃんが言ったのでした。

おばあちゃんは、いつも、口をすっぱくして、わたしや弟に言いました。

「人には名まえがあるやろ。名まえで呼ぶんは、ほんまにだいじ。口がついてて話ができる人やったら、だれでもできることや。話すときあたまに、○○さん、って名まえつけて呼んどぉみ。それだけのことやけど、それができる人とできひん人の差ぁは大きぃえ」

言うだけのことはありました。なぜなら、おばあちゃんは人の名まえをおぼえる達人だったから。たいてい一回でおぼえます。しかも、おぼえたら決して忘れません。

「あんなあ、ともちゃん。秘密兵器があるんえ。紙とえんぴつ。この二つ。その人と別れたら、きいた名まえすぐに紙に書いとくんや。手ぇにおぼえさす言《ゆ》うてな。紙なくしても、書いたその手がおぼえてるねん。あたまと手ぇがおぼえたら、鬼に金棒や。

話してる間ぁに、忘れてしまうてか？　どもない、どもない。一回名まえきくやん、話しながら何回も○○さんって、あたまに名まえつけて呼んどぉみ。ほな、忘れへん。

忘れてしもたかて、かまへんねん。お別れするまえに、すんまへんけど、も一度だけお名まえ教えとぉくれやす、って言《ゆ》うたら、ええんやから。

そやけどな、二回め会《お》ぉたときは、そうそう名まえきくもんちゃうえ。このまえ会《お》ぉたのに、もう名まえ忘れたんかってなるし、失礼にあたるやろ。まあせいぜい、たしか○○さんどしたなあ、て尋《たん》ねるくらいやなあ。そやさかい、初めて名まえ教えてもろたときだけは、恥ずかしがらんと、じゃまくさがらんと（面倒くさがらずに）何回でもきいたらええねん」

紙とえんぴつ。会話のなか何度も名まえで呼びかける。お別れするまえにもう一度きいてみる。こんな小さなことが、一回で名まえをおぼえることにつながると言うのです。だからでしょう。おばあちゃんの前掛けのポケットには、いつもちびたえんぴつと広告紙でつくったメモ帳がはいっており、日付と場所、人の名まえが書いてありました。

いつだったか。振り売り（昔は天秤棒、今は軽トラックで売りまわる販売方法）の豆腐屋さんに渡すようにと、おばあちゃんから走り書きをあずかったことがあります。

「河本さまへ　いつもおいしいお豆腐をありがたうございます。昨日のお豆腐は特に美味しゅうござゐました」と書いてあったような。

「あんたんとこのおばあちゃんはすごいお人やな。豆の手ぇ（種類）かえたん、わからはるんやな。それよりも何よりも、いっつもわしのこと、名まえで呼んでくれはる。ありがたいこって。これはおっちゃんからのおまけや。よろしゅう言《ゆ》うといてや」

すごい。名まえ呼ぶだけでお豆腐こんなにもらえるんやと、子どもごころに感動しました。

そういえば。結婚したころ、夫の両親、おばあちゃん、親戚のおじさんおばさん、皆わたしを「ともさん、ともさん」「ともちゃん、ともちゃん」と、名まえで呼んでくれました。

今でもそれはかわりなく、呼ばれるたびにうれしくなり、呼ばれるたびに元気が出ます。


おばあちゃんは教えてくれていたのです。

こんな小さなことでも、うれしくなることを。

こんな小さなことでも、人をよろこばせられることを。

そう、教えてくれていたのです。

履きもんのあつかい一つで、信用されるか信用されへんか決まるんや。

「あんなあ、ともちゃん。家でもよそでも、玄関で履きもんぬいだら、きちんとそろえて上り口のわきにおくんえ。真ん中におくもんちゃうえ。わきにおきなさいや。手ぇにおぼえさせるくらいにしなさいや」

わたしが中学に入学したころ。玄関で靴をぬいだわたしに、おばあちゃんが言いました。草履のうらを修繕しながら、わたしに諭した「履きもんの教え」。

「靴は上等でのぉてええから、こぎれいにしておきなさいな。どぉゆぅこっちゃ、てか？　革靴やったらぴかぴかにみがく。じゃまくさい（面倒くさい）、てか？　履いたその日にみがいたら、しまいやがな。みがけへんのやったら履く資格あらへん。

運動靴もおんなじえ。履いたその日に、あか（汚れ）落として、ちょっと風にあてとくんや。汗かいたな思ぉたときは、十分干すだけで全然ちゃうえ。

履いたらみがく。履いたら風あてる。なあに。かんちん　まるこめ　へのかっぱ（かんたんにできるという意味の戯れ言葉）や。

靴の履ける人やったら、だれでもできるがな。なんて？　時間ないて？　帰ってきてすぐやったら一分もかからへんがな。ひと手間おしんだら、大きゅうなれへんえ。偉い人はなぁ、どんなに忙しゅうても、それだけは、しはる。一分ぐらい余裕もって帰ってきよし。

今日の一針　明日の十針、言《ゆ》うてな。今すぐやるんと、あとでやるんとでは、大ちがいちゅうことや。靴のあかてなぁ、履いてた足の温度で靴がまだぬくたい（あたたかい）ときは、すぐとれるけど、あとになったら固まってしもて、なんぼやっても、とれへん。それに、汗のにおいかて、そうや。ちょっと風あてたら、すぐにとれんのに、ほっといたら、あとから何やっても、とれへんのんえ。なんしか、あとでするんは、よけぇ手間で大変や。

それにやな。あんた、出かけるときのほうが時間ないやろ？　出かけるまえに革靴みがく時間あるか？　運動靴のあか落とす時間あるか？　出かけるまえの靴さわったあとに、また手ぇ洗わなあかんねんで。

まあ、だまされた思ぉて、おばあちゃんが言《ゆ》うとおりいっぺんしとぉみ。帰ってきたその手ぇで、ちょちょいのちょいいて。

なんて？　靴クリームぬるん大変て？　そんなん、せんでええ。せんでええ。ブラシかけるだけでええて。クリームなんて、ひと月に一回でじゅうぶんや。きわのひぃ（月末）、クリームぬる日にしたら忘れへんがな。え？　あかんてか？

ほなら、靴やし、九《く》ぅの日か二《に》ぃの日にしよし。ほな、忘れへんやろ。

なんしか、ともちゃん。すぐにやったら、かんちん　まるこめ　へのかっぱや」


「あんなあ、ともちゃん。履きもんにまで、ちゃあんと気ぃくばれる人てなぁ、見てて清々しいもんえ。それだけちゃうえ。いつの間にか、だれからもだいじにされるんや、これが。おまけに信用までついてくるんや。ほんまやで。

人さんはまず履きもん見はる。それと履きもんのあつかいをな。この二つがちゃあんとできてたら、あたりまえのことがあたりまえにできる人や、って、信用されるんや。

言《ゆ》うたらな、履きもんのあつかい一つで、信用されるか信用されへんか決まるんや。どない立派ななりしてても、履きもんが汚れてたり、脱ぎっぱなしにしてようもんなら、だれからも信用されへん。そやし、こころして手ぇにおぼえさすんや。こんなんな、大人になってから、なんぼ気ぃつこぉたかて、あかん。若いうちから、手ぇにおぼえさしとかな。ええな。わかったな」

教えなければという気負いなど一切なく、さらりと明るいおばあちゃん。

「さあさっ、夕方の部がんばろかいなあ。ヨーイヤァサー。ヨーイヤァサー！」

ひざに手をあて立ち上がり、前掛けのひもをきりりとしめたおばあちゃん。なぜか楽しそうだったのは、数日先のおでかけのために草履のお手入れをしていたから。

「ヨーイヤァサー」は、言わずと知れた「都をどり」の掛け声。

四月。

町のあちこちで都をどりのポスターを目にするころ。夕刊が配達される時分の、日暮れがほんのり白いころ。おばあちゃんの履きもんの教えを、なつかしく思う。

十人十色ちゅうけど、言葉もちがえば言い方もちがう。愛情の表現もちがう。

「みんなちごぉて　あたりまえ」と、おばあちゃんはよく言っていました。ききなじんだこの言葉、あまり深く受け止めずに、むしろきき流してさえいました。

つい最近、おばあちゃんがのこした手紙からこのような一文が出てきました。

「一人ひとりちがうだけ。言葉も表現もちがうだけ」

当時、この一文をもらったとき、なじんだ言葉にショックを受けました。目から鱗とでもいうのでしょうか。ガツンとあたまをなぐられたような、とでも言うのでしょうか。いえ、そんな荒々しいものではなく、もっと穏やかな衝撃。お花畑に連れていかれ、サングラスをそおっと、はずしてもらったような感覚です。

あれは二〇〇二年の暮れ。夫の転職が決まり、わたしたち夫婦は、家を売り払い、二人の子どもを連れて京都を出ようと決意したときのこと。

まず、隣に住む夫の両親に話しました。二人は、がんばりや、と言ってくれました。

次に、わたしの両親に電話しました。寝耳に水の話だったこともあり、電話を切った後、三十分ほどしてから、わたしの父がすごい剣幕で電話してきました。

父曰く、隣に住む夫タカミの両親を捨てるのか。

父曰く、子どもたちの将来を考えてのことか。

父曰く、ローンを組んで買った家を売り払ってまで行くのか。

父曰く、知人親戚だれ一人いない土地へ行き、家族に何かあったらどうするのか。

話す夫の電話口にわたしが耳を近づけなくてもいいほどの声で、父は責めたてました。

きくだけきいて、夫は静かに受話器をおきました。

その後、わたしから何日もかけて電話で思いを伝えました。タカミの両親が賛成してくれたことをきき、最後はわたしの両親も納得しました。

父とわたしたちのそんなやりとりを横で見ていたのでしょう。めずらしくおばあちゃんが電話をかけてきました。

「あんなあ、ともちゃん。あんたの父ちゃん母ちゃんも、タカさんのご両親も、愛情はおんなじえ。言葉がちがうだけ。父ちゃん母ちゃんがあないして言《ゆ》うんは、あんたら、ちゃんとこころづもりしときなさいよ、備えときなさいよ、ってことやねん。

二人はあんたらが憎いから、あないな言い方したんとちゃうえ。真の芯からあんたらのこと思ぉたさかい、あないな言葉になっただけやねん。あんたらに、どない思われても、かまへん、親としてほんまにだいじなこと伝えなあかん思ぉて、あないな言い方になっただけ。そやし、あんたらは二人の言葉尻やのぉて、真の芯を受け取らな、どないするん。

十人十色ちゅうけど、言葉もちがえば、言い方もちがう。愛情の表現もちがう、ちゅうことやねんで。言葉尻だけとらえてたら、あんたら、そらぁ浅すぎるわ。もう大人やねんから、そこんとこ、よ～お考えとぉみ」

そのあとに、冒頭の「ちがうだけ」の手紙をくれたのです。

おばあちゃんが言うように、「みんなちごぉて　あたりまえ」を意識すると、両親が本当は何を言いたかったのか、何を伝えたかったのか、その真の芯を見つけようと、一生懸命になりました。

すると、両親の思いが素直に自分のなかにふんわりはいってきたのです。自分自身が素直になれたのです。その瞬間、「ごめんなさい」とつぶやくわたしは涙が出ました。

そういえば、おじいちゃんとおばあちゃんもまったくちがっていました。

おばあちゃんは、わたしや弟のことを、「ともちゃん、てっちゃんはわたしのだいじな宝」と、ことあるごとに言う一方で、おじいちゃんは、そんなこと一切口にしませんでした。だからといって、おじいちゃんがおばあちゃんより愛情がなかったのかといえば、決してそうとは思えません。

おじいちゃんは、いつも「とも」「てつ」と呼びかけて話してくれました。言葉数は少ないけれど、鶴亀算を教えてくれたり、製図用定規の使い方を教えてくれたりしました。おばあちゃんが寝込んだときには、いっしょにごはんを炊きいっしょに卵を焼いてくれました。

おじいちゃんおばあちゃん、二人それぞれが、愛情深くわたしたちを見守り育ててくれたと思います。二人を思い出すだけでこころがぽっとあったかくなるのは、その証し。


あのとき。

「ちがうだけ」を知ると、人の思いを素直に受け取れることを知りました。

もっと言えば、こころの幅がひろがることを知りました。もっともっと言えば、生きやすさにつながることを知りました。


だから。

ちがいを知っているから、おばあちゃんはだれに何を言われても、落ち込むどころか、相手に微笑みを返せるのだと知りました。

ちがいを知っているから、おばあちゃんと母は、姑と嫁という立場を超えて、いっしょに暮らせているのだとも知りました。

さらに言えば。

「ちがうだけ」を知ると、自分や相手の言うことが、「どちらかが正しくて、どちらかがまちがっている」ではないと気づかされました。「正しい、まちがっている」では諍《いさか》いのもとになってしまいます。最初の思いは一つなのに。

おばあちゃんの言うとおり。ただただ、ちがうだけなのです。

おばあちゃんの口ぐせ、「みんなちごぉて　あたりまえ」を口にすると、そのあとに続く「どっちがええもわるいもない」の言葉がストンとこころにおちました。こころに響きました。

そんなことを思い出しつつ。

これからは、夫と話すとき、子どもと接するとき、意識してみようと、あらためて思う新月の夜でした。

自分のええとこなんて、そんなん自分ではわからへんねん。

おばあちゃんのもう一つの口ぐせ。「人のええとこ見て暮らそ」。

「母ちゃんの、ええとこ見て暮らしてきたから、あたしと母ちゃんは、殴り合いのけんかもせんと、ここまでやってこれたんえ」

母とおばあちゃん。嫁と姑の関係です。一般的に、この関係、あまり仲がよろしくないもの。それを、「人のええとこ」見るだけで、けんかもせずに暮らしてきたというのです。

母は、おばあちゃんと話すときは、敬語を使いません。もちろん、おばあちゃんもです。あえて使わなかったのか、自然とそうなったのかはわかりませんが。

言いたいことが言える関係であったのは、子どもから見ても明らかでした。母とわたし、おばあちゃんとわたし、母とおばあちゃんの、ものの言い方は同じでした。

「なあ、おばあちゃ〜ん、これ洗っといてくれへん？」

「おばあちゃん、これどうすんの〜？　しもて（かたづけて）ええん〜？」

というぐあいに。

だから、我が家を訪ねた人は皆、おばあちゃんと母は実の親子だと信じきっていました。嫁と姑だと知ったときの、みんなのおどろいた顔！　その顔がおもしろくて、いまだに思いだすくらい。

母について、おばあちゃんはこうも言いました。

「いっつも、いっつも、互いにニコニコなんて、してられるかいな。育ってきた時代も、環境も、全然ちゃうんえ。それに、好きでいっしょになったわけでもあらへん。たまたま、ご縁でいっしょに暮らすことになっただけや。その相手とやな、どうせなら、こころざわざわせんと暮らしたいやん。どうせなら、お互いに自分らしゅう暮らしたいやん。そやさかい、人のええとこ見て暮らすんや」

「そやけど、おばあちゃん、人のええとこ、どないして見るん？　それがどない、ええん？」

「あんなあ、ともちゃん。自分のええとこ、て、あんたわかる？　あたしは、わからへん。自分のええとこなんて、そんなん自分ではわからへんねん。自分の顔や背中見れへんのとおんなじや。そやさかいに、人のええとこ見るんや。人のええとこ見て、うまいこと響き合《お》ぅたときの、うれしさ言《ゆ》うたら。たまらんえ。

　自分が自分らしゅう、いられるんえ。相手も相手らしゅう、いられるんえ。お互い、人の目ぇ気にせんと素直でいられるんえ。このうれしさ言《ゆ》うたら、何もんにも代えがたいで、ほんまに。あんたにわかるかいなあ。むずかしかいなあ」

（うん、むずかしぃて、ようわからへん…）と、あのころのわたし。

「人間、だれかて陰と陽があるねん。葉っぱに裏と表があるんとおんなじで陰と陽があるねん。光と影とでも言《ゆ》うんかいなあ。長所と短所とは、ちょっとちゃうねん。なんしかな、人にはだれかて陰と陽があってやな、自分にもあるし相手にもあるんや。それをやな、陰でも陽でもどっちでもええ、相手のええとこ見ようとしたら、自分と相手がなんやうまいこと響きあうようになるんや。あんたにわかるかいなあ」

（そんなもんかいなあ。そやけど、響き合う言《ゆ》うてもなあ。陰と陽言《ゆ》うてもなあ。大人の世界はようわからへん…）

「何《なん》ちゅうかいなあ。相手の言《ゆ》うた言葉尻とらえるんとちごぉて、ほんまの、心《しん》の真の芯、見るんや。それがええとこなんや。言いたいことぽんぽん言うんとも、ちゃう。言いたいこと言えんとがまんするんとも、ちゃうねん。心《しん》の真の芯、見るんや。ほな、響き合えるんや」

今ならきける。

「おばあちゃん、人のええとこ見るって、こういうこと？　こころがぽっとあったこうなること。今この瞬間、心地いいこと。もっともっといっしょにいたい、て思うこと。そんな自分が、うれしぃなれること」

きっとおばあちゃんはこたえてくれるでしょう。

「そやで、ともちゃん。ようわかったな」と。

「あんた、うまいこと言うなあ」と、いっしょによろこんでも、くれるでしょう。

おばあちゃんは、人と響き合うのがじょうずな人でした。

おばあちゃんの魔法のコトバ・十八番

1

「出すもん出しや。食べるんはそれからや」

朝起きて、おはようのあいさつをすませると、決まって言われる言葉。出すもの出さないと、食卓にはすわれませんでした。あたりまえといえばあたりまえですが、今から思うとすごいルール。

2

「むーつきひーひー　れっかてんてん」

「態」と「熊」をまちがえて困っているわたしに「二つ覚えよとするからあかんのや。どっちか片っぽだけ覚えたらええがな。むー（ム）つき（月）ひーひー（ヒヒ）れっかてんてん（よってんあし：四つの点）。熊だけ覚えよし」

3

「かんちんまるこめ　へのかっぱ」

「くつみがく時間ないてか。そんなもん、一分もあったらみがけるがな。帰ってきたその手ぇでみがいたら　しまいやがな。かんちんまるこめ　へのかっぱや」

第2章

自分を育てる
幸せになるふりかけ

大人になっても、うれしいみつけるんやで。

「ともちゃん、てっちゃん、歯みがいて、おしっこして、おいなぁい（来なさい）」

夜八時になると、おばあちゃんが言います。

「はあい」

わたしと弟は競うように、おばあちゃんのふとんにはいります。

四人で川の字。特等席はおじいちゃんとおばあちゃんの間。一等席は、おばあちゃんの横。場所はいつもきまっていました。弟が特等席で、わたしは一等席。

「ともちゃんはな、てっちゃんよりも四年も早《はよ》うこの世に出てきてん。ということはな、四年も特等席一人じめしてきてん。てっちゃんにゆずっても罰あたらへんと思うえ」

かくして、弟の特等席は不動のものとなりました。

おばあちゃんのもの言いには、わたしが「へんねしを起こさず（ねたまず）」に素直にそれを受け入れられる不思議な力がありました。そのうえ、弟をして「おねえちゃん、今日は特等席どうぞ」と言わしめる力もあったのです。

わたしの両親は共働きです。わたしは生後三か月より、保育所にあずけられ育ちました。わたし六歳、弟二歳のころ、おじいちゃんおばあちゃんと同居することに。両親は、わたしたちが朝起きるともう出かけていて、夜寝るときにもまだ帰らなかったので、会えるのは土曜日の夜と日曜日だけ。それ以外は、おじいちゃんおばあちゃんとの暮らし。さびしいと思ったことは一度もありませんでした。

寝るまえ、おばあちゃんが決まって言うセリフがあります。

「ほな、今日のおはなしするまえにぃ、と。今日は、どんなうれしいをみつけましたか。てっちゃんから言《ゆ》うて」

「ぼくはなあ、今日は、とこちゃんとなおくんと遊んだんがうれしかった。それとなあ、あんなあ、今日はなあ、おねえちゃんが（保育所に）早くおむかえにきてくれはったんが、うれしかった。それとなあ…」

とつとつと、弟がはなします。

「そうか、そうか。てっちゃんは、三つもうれしいみつけたんかあ。すごいなあ。ほな、ともちゃんは、どんなうれしいみつけたん？　教えてもらおぅかいなあ」

と、おばあちゃん。わたしが話している最中に弟が寝息をたてていることもありました。

「てっちゃんも、ともちゃんも、うれしいみつけるん上手になってきたなあ。いつでも、どこでも、うれしいみつけられたら、ほんまにええで。大人になっても、うれしいみつけるんやで。かなしいときでも一つくらいはうれしいあるもんや。どんなに、つろぉても、うれしいみつけられたら、乗り越えられるしな。今はわからんでもええけど、まあ、あたまのかたすみにでもおいときな」

「なあ、おばあちゃん。おばあちゃんは、今日は、どんなうれしいみつけたん？」

おばあちゃんの答えは知っているのに、わたしはやっぱりきいてしまいます。

「そうやなあ。おばあちゃんは、一日働けて、ごはんも食べれて、お風呂もはいれて、こうやって、ともちゃんとてっちゃんと、おじいちゃんと、いっしょに寝れることやなあ」

「ほな、おじいちゃんは？」

「わしもや」

「さあさ、ほな、ともちゃんも、そろそろ、お口とじよぉか。今日は、はなさかじいさんにしよぉかいなあ。むか～し、むかし…」

『はなさかじいさん』『かぐやひめ』『いっすんぼうし』『ももたろう』。

どれも最後までできいた覚えはないけれど、『うれしいみっけ』だけは、おばあちゃんのひんやりした、たぽたぽの腕の感触とともにわたしのこころにのこっています。

わたしと弟のうれしいは、毎晩、いろいろでしたが、おじいちゃんとおばあちゃんのうれしいは、いつも同じだったことも、こころの奥底にのこっています。

「一日働けて、ごはんも食べれて、お風呂もはいれて、みんなでいっしょに寝れること」

弟も思い出すことあるのでしょうか。一度きいてみることにしましょう。

こころ折れたら、からだ動かし。からだ折れたら、寝るんやで。

その日、何があったのか、おばあちゃんのようすがちょっと変でした。

いつもなら、「ただいま〜」と言うと、「お帰り。今日は、何ええことあったんえ？　えらい、元気なただいまやなぁ。こっちまで、元気になるわ」と、迎えてくれるはずなのに、その日は、「お帰り」と言ったきり、おばあちゃんはぼ〜っとしていました。

いつもなら、「きいてきいて、おばあちゃん」と、機関銃のように話すわたしも、なんとなくぼ〜っとしてしまいました。わたしが中学生のころのことです。

ずいぶんあとからきいたことによると、おばあちゃんが親戚のだれそれさんに対し、励ますつもりでよかれと思い、言ったことが、別の人を非難したように受け取られてしまい、言葉だけが一人歩きし、何ともややこしいことになったのだとか。非難されたと思い込んだ本人におばあちゃんが事情を話せば話すほど、言葉が空まわりし、言い訳にしかきこえないような事態におちいったのだそうです。

ところで、先日のわたし。まさにこのおばあちゃんの状態。子どもたちを正したつもりが、夫も巻き込んでの大ごととなり、こころざわざわ落ち着きません。思考が止まってしまいました。ぼ〜っとしてしまいました。こころはいともかんたんにするすると落下します。ああ。落ち込みの泉に沈んでしまいました。

どのくらいぼ〜っと、していたのでしょう。ふと、おばあちゃんの声がきこえたような気がしました。その瞬間、落ち込みの泉からすこし、あたまを出せたような気がしました。そういえばあの日。うつろな返事をしながら庭におりたおばあちゃん。背中をまるめ雑草を抜きはじめました。しばらくすると、前掛けいっぱいにヨモギをのせ笑っています。

「ともちゃん、草餅つくっろっか。よーし！　おいしいのんつくるでぇ〜。おいしいもん食べて、今夜は、早《は》ぉ《よ》風呂はいって、早《は》ぉ《よ》寝まっせぇ」

そう。おばあちゃんはいつも、「こころ折れたら、からだ動かし」と言って、ただただ一心に、こころを込めて家仕事をしていました。庭の雑草を一心に抜いていました。ぬかを混ぜていました。ゴマをすっていました。かつお節をかいていました。

よし。おばあちゃんがしていたようにしてみよう、ふとそんなことを思いつきました。ぬか床を混ぜてみました。おばあちゃんの大きなつけもの樽に対し、こちらは冷蔵庫にはいる小さなタッパー。一心不乱に混ぜるほど、ではありません。床のぞうきんがけをしてみました。我が家は社宅なので、あっという間に終わりました。ごまを炒るにも、小さなほうろくに小さなすり鉢。一心不乱の境地にまで達しません。最後の手段は雑草抜き。我が家はマンションの一階。庭はなぜか居住面積ほどあります。草は生え放題。何も考えず、ただただ一心に手を動かしました。「よ〜し。気持ちは、庭と同じ半分だけすっきりと。時計を見ると三十分もたっていません。「よ〜し。残り半分やってしまぉ」

すべてを抜き終えたときの爽快感といったら！「あぁ。これやったんや！」

そういえば、お嫁に行くまえにおばあちゃんがわたしに言ってました。

「あんなあ、ともちゃん。だれでも落ち込むことあるやん。落ち込むのんあって、あたりまえ。そやけどなぁ、そんなんおもてに出したかて、何にもええことあらへんえ。何の解決にもならへんえ。それよりな、からだ動かし。家仕事しよし。こころ折れたら、からだ動かし。そしたら、すっこーんって抜けるときがくるえ。家仕事って、こころ整理するのんに、なくてはならへんもんや思うで、ほんまに。

ともちゃん、あんたもな、こころ折れるときもあるやろぉけどな、こころ折れたら、からだ動かすんやで。家仕事するんやで。ええな、わかったな。

あ、も一つ言《ゆ》うとくけどな。からだ折れたら、どないするわかってるな？　そうそう。そやで。からだ折れたら、寝るんやで」

「こころ折れたら、からだ動かし」

久しく忘れていたおばあちゃんのおまじない。子どもたちにも伝えなきゃ。

いったんちょいと、わきにおき。
なんかするまえにわきにおき。

「ほな、お重に詰めよっかぁ。ともちゃん、黒豆もってきてんか」

「…はあ〜ぃ」（もう、せっかく紅白みよう思たのに。やっと、すわったとこやのに。もう始まるやん。てつなんか何もしんとおじいちゃんとテレビの前ですわってる。なんで、わたしばっかり言われなあかんのやさ。じゃまくさいなあ。んもうっ）と、思いながら、ずんがずんが、おじいちゃんおばあちゃんの部屋隣りにある北向きの部屋に行きました。足で引き戸を思いっきり開けるわたし。勢いがつき、大きな音をたててしまいました。

「静かにせんかい！」おじいちゃんが一喝します。

（なんで、お手伝いして、おこれられなあかんねんさ。戸の開け閉めくらい、なんやさっ。おじいちゃんなんか、な〜んもしてへんやん）

電灯もつけず、黒豆のたっぷりはいった大鉢をもちあげ、勢いよく振りかえりました。

そのとたん。

大鉢をたんすの角に思いっきりぶつけ…。

しわ一つないつやつやの黒豆が、わたしを取り巻くようにあちこち散らばっていきます。粉々に砕け散った年代物の大鉢もあちこちに。破片が妙に白く見えたのは気のせいでしょうか。たんすと畳の間に汁がどんどん流れ込みます。ああ、靴下にまで汁が沁み込んで…。

「そのまんま、動きなや。足けがしてへんか。だいじょうぶか。そうか、そうか、けがしてへんか。よかった、よかった」

菜ばしをもったままのおばあちゃんが立っていました。

「あんた、何した思てんのっ！　あやまりなさいっ！　ふくれっつらしててんと、おばあちゃんにあやまりなさいっ！　すぐ、動きなさいっ！　拾いなさい！　もうっ！　ほんまにほんまにほんまにもうっ！　ぼ〜っと、つったっててんと、動きなさいっ！　泣いてすむ話ちゃうやろっ！」

母の言葉が、飛んできました。

「母ちゃん、そこまで。はいっ、もう終わりや終わり。それより、お湯わかしてきてんか」

おばあちゃんが静かに言いました。

おばあちゃんと二人で、黒豆を拾いました。

おばあちゃんと二人で、新聞紙に汁をすわせました。

おばあちゃんと二人で、たんすの中身ぜんぶ出しました。

おばあちゃんと二人で、たんすを動かしました。

おばあちゃんと二人で、畳に熱湯かけ、あげました。

「また来年つくったら、しまいやがな。ああ、もう年明けたんかいな。ほな、ともちゃん。また今年つくったらしまいやがな。それより、ともちゃん。あけましておめでとうさん。ほんに、えらいお正月迎えたなあ。ええ思い出になるわ」

おばあちゃんは笑いながら繰り返しました。

「どもない、どもない。また、つくったらしまいやがな」

黒豆をつくるたびに、見るたびに、おばあちゃんの言葉を思い出します。

「感情が沸騰したまま動いたら、ろくなことあらへんわなあ。おばあちゃんも、何度、失敗してきたことか。いややな、て思う気持ちとか、ムカってする気持ちとか押さえるんは、なんぼおばあちゃんでもできるかいな。それ、感情にふたするっちゅうねんけどな。だれかて感情にふたすることなんかできひん。ふたなんかせんかて、ええねん。そやけどな、あたし今こんなん思てるわぁ、て思ぉたらええねん。ほんでその思い、ちょいと、わきにおいとぉみ。

いったん、ちょいと、わきにおき。なんかするまえにわきにおき。なんか言うまえにわきにおき。それだけや、それだけでええさかい。ええな。わかったな」

あれから三十五年。

今日のわたし、わきにおかずに、そのまま相手にぶつけてないだろうか。子どもに、夫に、わたし自身に。わたしの沸点、あのときよりも少しは上がったかな。

ばあちゃんの雲隠れ、わしが知らんでかい。

「あ〜、しんど…もうヘロヘロ…」

「もう、いやや…。こんなつもりと、ちごぉたのに…」

「あ〜ぁ。な〜んか、わたし、あほみたい…」

つかれたり、落ち込んだり、同じところをぐるぐるまわったり。こんなことは、普段の生活でよくあること。おばあちゃんにも、「しんどいとき」があるのはあたりまえ。

でも決して、「しんどい」とは言いませんし、「しんどそうな」顔もしていません。「しんどそうな顔」になるまえに、おばあちゃんはおばあちゃんなりに、気分転換をしていたようです。おばあちゃんは、自分をリセットするのが上手だったのでしょう。

それをおじいちゃんは、「ばあちゃんの雲隠れ」とこっそり呼んでいました。

お天気のいい日中なら、「ちょっと買い物行ってきまっさぁ」と、小一時間のおでかけ。

小学生のころ、連れて行ってもらったことがあります。

あるとき、おばあちゃんが「よし、いってこよ」と、口元をきりりとしめ、立ち上がりました。こんなおばあちゃんは、何かを決めたとき。

「あんたぁ、ちょっと買い物行ってきまっさぁ」

と、おじいちゃんに声をかけました。仏画を描くおじいちゃんの横で、宿題をしていたわたしにも声をかけてくれました。

「ともちゃんも、いっしょに行くかぃなあ?」

どんないいことがあるのだろうと、ワクワクしながらスキップでついて行きました。

おばあちゃんの手提げにはいっていたのは、小銭入れと敬老パス、小びんにいれたお茶。

二人で循環バスに乗り、親子席へ。昇降扉に近い、バスタイヤ上部の二列めの席のこと。

窓側の足元が高いので子どもがすわるのにちょうどいい。だから親子席。ラッキーなことに、一列めはだれもすわりません。よって、前面の動く景色は二人じめ。

「あんなあ、ともちゃん。おばあちゃんのひみつの一等席は、このな、前の席やねん」

一列めを指さして、おばあちゃんはいたずらっぽく笑います。

バスを降りるときの、おばあちゃんのすっきり晴れやかな顔、伸びやかな声。

「あ〜、こころのせんたくできたわあ」


お天気のあまりよくない日は、「風呂のそうじしてきまっさ」と、小一時間のバスタイム。一番風呂の長風呂で頬がほんのりピンクのおばあちゃん。お肌はつるつるぴーかぴか。

「極楽、極楽」

お風呂上がりは、ちょっと寝ころび、うちわでほてりを冷まします。

「ゴクラク」とはお風呂上がりのことだと、十歳までわたしはかたく信じていました。

夜は夜で、

「ちょっとふとんひいて(敷いて)きまっさ」と、これまた小一時間の雲隠れ。おじいちゃんの夕食時間は長いのです。とっくり一合分の晩酌が毎晩たっぷり二時間です。

「ちょっとふとんひいてきまっさ」以外にも、礼状書き、親戚への電話で、おばあちゃんは、す～っと消えます。それには、わたしへの根まわしが必ずありました。

「あんなあ、ともちゃん。おばあちゃん、ちょっとしんどいねん。このままやと、寝込んでしまうかもしれへん。そやけど、今ちょっとだけ寝たらすぐなおるねん。ちょっと寝たら、またすぐ元気になるねん。そやしな、ともちゃん。お願いな。頼むわな。おじいちゃんのお相手、頼むわな」

こんなことを言われて、断われる孫がいるでしょうか。

「おい、ばあちゃんわい？」と、おじいちゃんにきかれても、「ミチコおばさんに電話してはるんちゃうかなあ。なんか、おばさん困ったことあるみたいえ」

あいまいに返事しながら、おじいちゃんのおちょこにお酒を注いでいました。

「ばあちゃん、また、ちょいと寝てんにゃろ。ばあちゃんの雲隠れ、わしが知らんでかい。ともも。ええか。わしが知ってること、ばあちゃんに言うなや、わかったな。わしが、そっちぃ行く前に、ばあちゃん起こしたれや。おじいちゃんごはん終わらはった、ってな」

明治男の気くばりと大正女のこころづかい。二人はなかなかいい夫婦です。

「よ〜し」言《ゆ》うたら、なんや、やらなあかん気ぃになる。

「ともちゃん、そろそろ起きよし」

おばあちゃんが隣で言います。

わたしが中学生の春休み。おばあちゃんと二人。至福のお昼寝の時間。

「え〜、もう起きんの〜。いややなあ。起きたら、いっぱい、しなあかんことある…」

「よ〜し。そろそろ起きよ。ほら、ほら。いっしょに起きよ」

おばあちゃんが、手をぐっぱぐっぱと動かし始めました。

「え〜。いややな〜。ほな、十数えたら起きようかな〜。い〜ち、に〜ぃ、さ〜ん…。…きゅぅ〜、じゅう。…きゅぅ。はぁ〜ち、なぁ〜な、ろぉ〜く、…」

「ともちゃん、そんなんしてたら、いつまでたっても起きられへんで。起きなはれ、ほら」

おばあちゃんの声がだんだん力強くなっていきます。

「なあ、おばあちゃん。どやったら、やる気になるん～？」

「やる気のスイッチ押しとぉみ。ともちゃんのスイッチはどこかいなあ」

おばあちゃんは笑いながら、わたしの背中をこちょこちょしてきます。

「あ～。もう、起きます起きます、起きますってばぁ」

ようやく。なんとか。起きました。もぞもぞと服を着ました。

一方のおばあちゃんは素早い。さっさと足袋をはき、着物を着ます。前掛けをきゅっとしめ、「よーし。買いもん行って。おいしいごはんつくりまっせぇ」


一時間後。わたしは、なんとか全室のそうじ機をかけ終えました。買い物から帰ってきたおばあちゃんといっしょに夕食の準備をします。かわいた食器を片づけながら、野菜を洗っているおばあちゃんの背中にきいてみました。

「なあ、おばあちゃん。おばあちゃんって、どやって、スイッチいれてるん？」

「スイッチ？」

「さっき、やる気のスイッチ押すって言《ゆ》うてたやんかぁ。どやって自分で押してんの？」

「口で押すんや。それと、手ぇ」

「ええ？　どやって？」

「よ～し、って言《ゆ》うんや。それと、手ぇをぐっぱぐっぱするんや」

「それだけ？」

「それだけ」

「それだけで、やる気になるん？　ほんま？」

「だまされた思ぉて、いっぺんしとぉみ。おばあちゃんもなあ、若い時分は、なかなかやる気、出ぇへんかったわ。そやけどな、よ～し、言《ゆ》うたら、なんや、やらなあかん気ぃになる言うんが、ようやわかってん。それとなあ、ぐっぱぐっぱは、手がよう動きますように、て言《ゆ》うおまじないや。足もやったら、もっと効くで。おしりの穴も、ぐっぱしたら、もっともっと効くで。ひひっ」

「よ～し」は、おばあちゃんの口ぐせでした。そうやって自分を鼓舞していたのでしょう。

続きは、まだあります。

「あんな、ともちゃん。父ちゃんと母ちゃんが朝早《はよ》ぉから夜遅《おそ》ぉまで働いてくれてるから、あたしらこうやって、家にいられるんえ。あんたも、学校行かせてもらえてるんえ。二人が帰ったきたら、気持ちようゆったり過ごせるよう、せめて家のもんは、家、ちゃあんときれいにして、おいしいもん、こさえとかな。そう思たらやる気のスイッチなんてもんはすぐにはいるわいな。あんたも、父ちゃんと母ちゃんが働いていること、よ〜ぉ考えとぉみ。寝てなんかいられへんで。ええ？　ともちゃん」

　おっしゃるとおりでございます。やる気のないのは甘えの証拠。申し訳ございません。返す言葉もございません…。

　あれから三十五年。わたしのやる気のスイッチは、おばあちゃんがおいていってくれました。「よ〜し」と言うと、スイッチがはいるわたし。

　さて、あなたのやる気のスイッチはどこにありますか？

おばあちゃんの
魔法のコトバ・十八番

4

「やったらええがな。失うもん、何がある？」

受験、資格、習い事。「挑戦する」ことに対して迷うと、おばあちゃんは必ず言いました。この言葉をきくと、怖いものがなくなるから不思議です。

5

「ええがなええがな。どれでもええがな」

洋服、約束、プレゼントなどを「選ぶ」ことに対して迷うと、必ず言われたのがこのセリフ。だいじなことは「ほんまに手にしたいんか」「ほんまにこころから行きたいんか」「こころからお祝いする気持ち」「三回考えてから結論出しよし」でした。

6

「寝るは極楽、金要らず。起きて働く浮世のあほう」

何が楽しいって寝ること。こんな幸せなことはない、とおばあちゃん。たまに部屋はぐっちゃぐちゃ茶碗も洗わずごろり〜んと。起きると「さぁさ。そろそろ、浮世のあほうにもどろぉうかいな」と、もくもくと家仕事。

第3章

時間の使い方

ちりつもばあちゃんは段取り名人、

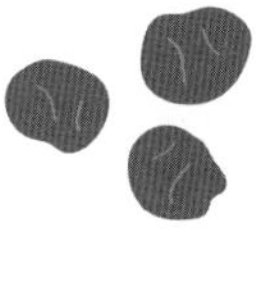

なんでも段取り八分やで。早め早めに段取りしたら、ほんまにだいじなことに、気ぃようとりかかれるんえ。

「なあ、おばあちゃん。古新聞あらへん？　新聞紙四つに切らなあかんねん。先生むっちゃ厳しいねん。用意していかへんかったら、ず〜っと正座させはるねん。字なんか書く資格あらしまへん、って。遅刻したらおこらはるねん。自分で決めたおんなじ時間に来なはれって。遅刻したらまた正座や。なあ、おばあちゃん、新聞四つに切るん手伝ってぇ〜」

小学三年生の六月。わたしは書道を習い始めました。初めての習い事だからと、おばあちゃんはお赤飯を炊いてくれました。

ところが習い始めて一か月。書道の先生のご自宅へ行く直前にあわてました。準備を何もしていないうえに、自分で決めた時間がせまっていたからです。

こういうとき、「えぇやん、えぇやん」とやさしく笑うおばあちゃんは姿を消します。せんたくものをたたんでいた手をとめ、背中をのばし、厳かな低い声。

「ともちゃん。ちょっと、おいない（来なさい）。遅刻してもええから、ちょっとおきき」

あちゃ〜、しまった、と思いましたが、時すでに遅し。

「ともちゃん。あんた、まだ始めてたったの四回え。気ぃゆるんでるんちゃう？　あんたなあ、父ちゃんと母ちゃんにお願いして行かせてもろてんろ。行き当たりばったりで遅刻して行くぐらいやったら、今すぐやめよし。今からだいじなこと言うさかい、よ〜ぉ、おきき。そのまえにおばあちゃんといっしょに電話しよ」

一時間遅刻します、とおばあちゃんといっしょに先生に電話しました。これから、たっぷり一時間、おばあちゃんの話を正座してきくのかと、おののきながら。

おばあちゃんは、包丁ときれいな箱と新聞紙の束をもってきました。正座し、床に新聞紙を広げ、重ねていきます。

「ともちゃん。この包丁、新聞用におろすから、新聞切るときはこれ使いよし。見ときや。こないして、何枚かずつ新聞重ねて包丁す〜っと動かしたら、きれいに切れるやろ。定規でも切れへんことないんやけど、ぎざぎざのかすがいっぱい出てくるさかい、これで切ったらええ。言《ゆ》うとくけど、もう、この包丁で食べもん切ったらあかんえ。それでやな、切った新聞をやな、こないして、この箱に入れときよし。早め早めに、補充しとくんやで」

おばあちゃんは、す〜っすす〜っすと刃を動かし四半分になった新聞を箱に納めます。

「こっから先はともちゃんが切っとぉみ。そうそう。刃物、手ぇから離すときはこないして刃ぁ向こうむけて机の上へおくんえ。一瞬でも地べたにおいたままにしたらあかんえ」

わたしは正座しておばあちゃんがしたように新聞紙を切っていきます。箱いっぱいになると、おばあちゃんはきれいな便せんを一枚くれました。

「ともちゃん。その紙にな、もっていくもんの一覧を書いとぉみ。お習字セット、新聞紙、水入れに水、てな。お一日《ついたち》はお月謝ってな。書いたら箱に貼るんえ」

今でいうチェックリストをつくり、ふたに貼りました。なんだかうれしくなってきました。

「なんでも段取り八分やで。早め早めに段取りしたら、ほんまにだいじなことに気ぃようとりかかれるんえ。おばあちゃんが、こないしてお米かして（といで）ざるにあげとく

んと、ともちゃんの新聞切るんは、実はおんなじことやねんで。そうするとやな、ほんまにしたいことが気ぃようできるねん。

あんたは字ぃじょうずになるために大前先生とこ行ってるんやろ。そのための段取りや。段取りさえしといたら、あとは気ぃよう字ぃ書くだけや。おばあちゃんかてそうや。お米かしといたら、あとは気ぃようおかずつくるだけや。

さ。このくらいにしてお茶にしよ。遅れる言《ゆ》うてあるんやさかい、それこそ気ぃ落ち着かせて行ったらええ。今日のてっちゃんのお迎えは、おばあちゃんが行くさかい、ともちゃんは行かんでええわ」

きれいな箱。チェックリスト。おじいちゃんおばあちゃんといっしょのおやつ。弟の保育所お迎えのお手伝い免除。叱られたにしては楽しいひとときでした。

以来、わたしはチェックリストで確認するようになりました。しかも帰ったそのときに次の準備をするようになったのです。おばあちゃんが「ほんに、よぉ気ぃついたな」とほめてくれたのは言うまでもありません。

ええ仕事しよ思うんやったら、しっかり寝よし。

「さて、ここで問題です。ともちゃんには、一日二十四時間あります。何《なん》に使いますか？」

わたしがスイミングスクールに就職して間もないころ、二十五年前の話です。久しぶりに、おばあちゃんと二人で夕食をとりました。おもむろに、わたしにきくおばあちゃん。

「何《なん》なん、おばあちゃん。そんなん、寝ることと食べることと仕事することやん。それにお風呂にはいることやろ、家仕事やろ。あと、友だちに会うのんに決まってるやん」

「はい、ストップぅ。今、ともちゃんは何て言いましたか？」

「もっかい言うん？　寝ることと食べることと仕事することと…」

「はい、ストップぅ。一番になんて言いましたか？」

「寝ること」

「はい、そうですねぇ。あなたの今一番だいじなことは寝ることです」

「へ〜え。それで、それがどしたん？　おばあちゃん」

「あんなあ、ともちゃん。あんたのこころは、寝るんがだいじや、て言《ゆ》うてんにゃ。そやのに、あたまはそう言うてへん。毎晩毎晩、仕事で帰りは遅いし、朝は朝で早いし。あんたら若いもんは寝るんを軽う見すぎてる。八時間は寝なさいや。しっかり寝たら、起きてる十六時間が活きてくるねん。うらかえすと、活かそ思たら寝るこっちゃ。

ええ仕事しよ思うんやったら、しっかり寝よし。長いこと仕事続けよ思うんやったら、たっぷり寝よし。なんしか、寝るんが一番。命あっての物種や」

「寝るんが一番」、おばあちゃんはしつこく言いました。

きき流すわたしは突っ走り続け…。三か月後、過労で倒れました。あれから何度、職をかわったことでしょう…。

六月になったら思い出す、おばあちゃんの問いかけ。

さ〜てさて。あんなにいいこと、きいときながら、今日のわたし。しっかりたっぷり寝ただけとちゃうやろぉか？　なあ、おばあちゃん、どう思う？

ぜ〜んぶ、ついで。生きてるついでや。

「おばあちゃん、もしかして、今日、豆ごはん？」

「そやでぇ。それと、お鯛さんのアラでおつゆ（みそ汁）しょか。あと、キャベツのごまあえあったら、そんでええやろ」

「あたし、豆ごはん、豆ぬきがええな」

「そんなん、豆ごはん言わへんがな。ただのごはんになってまうがな」


そろそろ桜も散りそうなころ、わたしは小学一年生、四十年ほどまえのこと。

小学校から帰ってきたわたしは、おばあちゃんといっしょに、エンドウ豆をさやから出していました。ざるのなかに手をいれると、豆はひんやり、ころころ気持ちいい。

おばあちゃんとする家仕事は大好きでした。

学校であったことをきいてもらいながら、するお手伝い。せんたくものたたみも一人だと全然すすまないのに、おばあちゃんといっしょだと、あっという間に終わります。

エンドウ豆は、このあと軽く半月はつづくのが習い。お寿司、卵とじ、ちくわの炊いたん、チャーハンに登場し…、ときには一か月続くこともあり…。

「明日は、ともちゃんの好きなお寿司つくろかいなあ」

「やった〜」

「ともちゃん、ほな、てっちゃんの保育所のお迎えの帰りにお買いもん行ってくれる?」

「はーい。そやけど、明日つくるのんに、なんで今日なん?」

「明日食べよ思たら、今からちょっちょ、ちょっちょって、下ごしらえしとかな」

と、ごまを炒る手も休まずに、おばあちゃんは言います。

「ほな、メモしてや。こうや豆腐、かんぴょう、ピンクのかまぼこ」

香ばしいごまのにおいに見送られ、わたしは、おばあちゃんの小銭いれと買い物かごをもって弟の保育所へ向かいました。帰ると、おばあちゃんが笑顔で出迎えてくれました。

「ありがとうさん。ともちゃんとてっちゃんは、ほんにようお手伝《てった》いしてくれる」

おばあちゃんにお礼を言われると、ほんわか、うれしくなります。

「さあてと。おじいちゃんとてっちゃんがお風呂はいっている間《ま》ぁに、仕上げてしまおかいな。ほな、ともちゃんは、こうや豆腐、みじんに切ってくれるか？」

わたしは、ぬるま湯で戻したこうや豆腐を、ゆっくりていねいに小さく切っていきます。

角ざるにならべ塩をまぶした鯛に、キャベツのゆで汁をかけるおばあちゃん。

「キャベツゆでるんと、こうやってアラに熱湯かけるんと。これで一石二鳥や」

口も動くが手も動く。台所のおばあちゃんは、まるで魔法使いのよう。

休まず、おばあちゃんは、鍋を洗ったその手でかんぴょうを塩もみしはじめました。

「こうやってな。ついでに段取りしといたら明日が楽になるんえ。それもな、今日つくるついでに、明日つくる分の段取りするんが、コツやねんなぁ。

つくるときにはつくるついで。洗うときには洗うついで。なおす（お茶碗片付ける）ときにはなおすついでがあるんえ。何するてか？　水屋（食器棚のこと）拭くんや。ほな、大そうじせんでも、すむやろ。

こないしてな、ついでで家仕事したら、何でもあっちゅう間に終わるし、おもしろいえ」

わたしがこうや豆腐を刻んでいるうちに、いつの間にか、人参は千切りに。かまぼこ、かんぴょう、干しシイタケも小さく刻まれていて、それぞれタッパーに収まっていました。

おばあちゃんはついでの達人。何でもついでにすませることを考えつきます。そのうえ一筆書きでするから流れがあるのです。しかもむだがありません。たとえば。朝起きてからの二十分は次のよう。

1. 自分の掛けぶとんをたたみ、トイレへ。そしてその横にある洗面所へ。
2. 手を洗う。顔を洗う。ついでに洗面所をそうじする。
3. 横にあるお風呂場から、風呂ふたをもって広縁から庭に出る。風呂ふたを干す。
4. ついでにぞうきん&バケツをもって広縁にはいる。
5. 一階の各部屋の窓を拭きながら台所へ。台所横にあるせんたく機の横にバケツをおく。
6. 台所で手を洗い、湯をわかし、ご飯の土鍋に火をいれる。
7. 台所から玄関へまわり、玄関をはく。

8. 新聞を取って自分の部屋へ。おじいちゃんに新聞を渡し、ふとんを押しいれに。
9. 洗面所から洗濯ものかごをもって再び台所へ。
10. 洗濯機をまわす。
11. 土鍋の火を消し、お茶をいれ広縁にいるおじいちゃんにもっていく。
12. 台所に戻り、洗い上げてあるお茶碗をなおしながら、みそ汁をつくる。
13. ごはんをおひつへうつす。

小学五年生のとき家庭科の宿題でおばあちゃんについてまわり、記録した動き。

「すごぉい！　一つのことに一分や！　ゆっくりやのに早い！」と感動。同じようにしても、うまくいきません。おばあちゃんは、いたずらっぽく笑いながら教えてくれました。

「これは秘伝中の秘伝やで。ついでで考えるんや。朝起きて顔洗ったついでに、洗面所そうじする。ほんで、台所行くまえに広縁通るやろ。ほなら、ついでにお風呂のふたもって広縁出たら、一石二鳥やん。せっかく庭に出たんやったら、ついでにぞうきんもってたら窓拭けるわ、てなもんや。ぜ〜んぶ、ついで。生きてるついでや。

二階行くとき、ともちゃんやったらどないする？　おばあちゃんやったら、きれいなぞうきん一枚と父ちゃん母ちゃんのせんたくもんもって上がるわ。せんたくもんおいたら、ぞうきんで階段拭きながらおりて帰ってくるわ。なっ？　おもしろいやろ？

ともちゃんもついで、いっぺん考えとぉみ。そないにむずかしもんちゃうちゃう。ついでは自分で見つけるからおもしろいんえ。いやなことでも楽しゅうできる遊びや。おまけに一石二鳥で時間も半分ですむしな。まあ遊びや思ぉて、やっとぉみ。

ちょいとした　ついでつもれば　ら～く楽、や。

ついでに〇〇しましょうか？　って、人さんに差しあげるついでは、これまた、ええもんやで。こっちも手間いらずやし、まあ、気軽やわな。相手も気軽に受け取れる。相手によろこばれへんかっても、もともと手間いらずやねんし、腹立つ言われもないわいな。

そやけど、これだけはようおぼえときや。ついでにこれお願いって、人さんにお願いするもんちゃうえ。それと、目上の人にお願いするんもあかんえ。ようおぼえときな」

おばあちゃん、おかげさまで、わたし、家ではついでの女王と呼ばれています。

何でもいっぺんにしいひんこと。動く仕事とすわる仕事の組み合わせ。この二つ。

「おばあちゃん、もうあかん。へろへろや。もういやになってきた」

家じゅうのふとんを干し、全室そうじ機をかけたあと、板の間のぞうきんがけをし終えたところで、つかれてしまったわたしです。

「ともちゃん、おつかれさん。ほな、せんたくもんたたみ、いっしょにしよかいな」

「ええっ～！　おばあちゃ～ん、そんなあほな～」

「あほもかしこも、あるかいな。まあ、手洗《あろ》てきて、すわりよし」

二人で大量のせんたくものをたたみました。わたしが予備校に通っていたころだから、おじいちゃんが入院していたときです。毎日の病院通いでおばあちゃんもつかれていたはずなのに、そんなそぶりは一度も見せたことはありません。

「どうや、ともちゃん。落ち着いてきたか？」

「うん、すわり仕事はまだ楽やわ。これやったら、できるわ」

「そやろ、そやろ。家仕事なんてもんは、組み合わせやねん」

「どういうこと？」

「家仕事って次から次へとあるやろぉ。そうじ機や〜、ふとん干しや〜、ぞうきんがけや〜って。そやけどな、せんたくもんたたみとか、だし昆布を切ったりとか、すわってできることもあるんえ。それをやな、自分の体力にあわせて組み合わせたらええねん」

「おばあちゃん、組み合わせてるん？」

「あったりまえやがな。そうせんと、七十のおばばが動けるかいな」

「そうなんや。おばあちゃん、えらい元気やなて思ぉててんけど、ちゃうんや」

「ここやがな、ここ、ここ。あたまどんだけ使うかや。それと、何でもいっぺんにせえへんこと。ぞうきんがけかってな、ともちゃんは若いからいっぺんに全部できるけど、あたしなんか、ちょっちょっ、としかでけへん。そやし、今日は台所、明日は玄関って毎日変えていくんや。あと、もういっこあるんやけどなぁ〜。それはともちゃんが大人になってから教えたげる」

「なに～。なあ、教えてぇ。絶対だれにも言わへんし。え？　あかんの？　ざ～んねん。ほな、大人になったら教えてや。絶対やで。そやけど、おばあちゃん、なんでお茶碗洗《あろ》ぉたままにしてるんか、わかったわ」

「ざるにふせといたら、知らん間《ま》ぁに皆かわくがな。あと水屋になおすだけですむやろ」

「おばあちゃん、やりかんぼぉ（やりっぱなし）とちごて、やってる最中やってんな」

「そやで。え？　あんた、今の今まで、このあたしがやりかんぼぉやて思てたん？」

「ごめん、ごめん。あっちであれ広げぇ、こっちでこれ広げぇ、してるんかな～って。ちょっとだけ思てただけ。そんな深い意味があったとは知らなんだ」

「まあ、あんたも年いったらわかるわ。なんしか、何でもいっぺんにしいひんこと。動く仕事とすわる仕事の組み合わせ。この二つ。ほんなら、なんぼでも動けるえ」

結婚して二十年。家事の段取りを決めるたびに、このときの話を思い出す。あのとき以来、わたしも静と動を意識するようになり、今は、おばあちゃんがしていたように曜日に組み合せることも取り入れています。
日曜は、日↓干すことを中心に、動：ふとん干す、静：シーツのりづけ、繕いもの
月曜は、げ↓玄関まわり、動：くつ干す、静：下駄箱内の新聞交換、くつ磨き
火曜は、火↓台所のコンロまわり、動：壁拭き、静：コンロ洗い
水曜は、水↓お風呂場まわり、動：風呂そうじ、静：洗面所下そうじ
木曜は、木↓板の間の床拭き、動：床拭き、静：本棚整理
金曜は、金↓お金関係、動：銀行や郵便局へ行く、静：家計簿の清算・集計
土曜は、土↓庭仕事、動：草抜き、静：窓のサッシ拭き

それと、おばあちゃんがあのとき言いかけたことも、わたしはもう知っています。

「夫を巻き込み、子どもには小さいころから家仕事を仕込む」

おかげで、わたしの家仕事は半減どころか四分の一になりました。家仕事に男も女も子どもも関係ない。こんなことを大正生まれのおばあちゃんはわたしに教えてくれました。

さすが、大正デモクラシー時代に育ったおばあちゃんです。

細工はりゅうりゅう、仕上げを御覧《ごろう》じろ。

おばあちゃんを見ていると、そんなやり方でええの？　だいじょうぶなん？　とふと感じるときがありました。すると、わたしの視線を感じたおばあちゃんは必ず言うのです。

「細工はりゅうりゅう、仕上げを御覧《ごろう》じろぉ」

おばあちゃんはええかげんなお人でした。

投げやりではありません。無責任でもないし、ルーズでもありません。と言って、きちんとしているわけでは、決してありません。おおざっぱというのか、いえ、アバウトといったほうが近いかも知れません。


さて、おばあちゃんの家仕事のなかで、最大のものといえば、梅仕事。

毎年、梅を20キロほど漬けていました。おばあちゃんの梅は、塩辛くなく、ぽってりとして、ほどよい塩加減。塩が少ない分、塩漬けの工程まではカビやすいらしく、おばあちゃんは、おばあちゃんならではの工夫と段取りで、カビを一切よせつけずおいしい梅をつくっていました。重石の微調整はもちろんのこと。風を見ながら漬け込みつぼのおき場所を変えるのも当然。陶製の落しぶたにいたっては、おばあちゃんがデザインしたものを知り合いにつくってもらった特注品。つぼと重石、落しぶたを焼酎で消毒し、干して殺菌するのも、おおざっぱなおばあちゃんに似つかわしくないほどのていねいさ。

とにかく、おばあちゃんは塩漬けの工程までは細心の注意をはらっていたのです。

梅雨が明け、蝉の声がきこえると、干す作業。

三日三晩干せばよい、と言われていますが、おばあちゃんは、ここでも、手を抜きません。しっかり干します。親の仇のようにしっかり干します。

ハトロン紙をベランダいっぱいに敷きつめ、日にあたるよう、間隔をあけて梅をおいていくのですが、このときばかりはおじいちゃんもかり出されます。おばあちゃんに言わせると、塩漬けした梅をつぼから出す日は儀式だそうな。

「ぜぇんぶの梅が、おんなじだけ、お日さんにあたったら、おいしい梅干しになるんえ。そやし、初日が一番大切。つぼから出すのんに手間取ったらあかん。時間差ができたらあかんねん。最初の梅がしっかりお日さんにあたんのに、最後の梅があたる時間が少ないようでは、へんねしおこして（すねて）、全体の味に出てしまうねん。おじいちゃんが、手伝《てっと》うてくれはらな、どんならん」

そんなこだわりをもちながらも、表面が乾いてくる段階になると、あれは何だったのかと思うほど梅の干し方はおおざっぱに。おじいちゃんが、せっせこ、せっせこ、一粒ずつていねいに並べているその横で、両手を大きく広げ、平泳ぎで水をかくように、梅干しを広げていくおばあちゃん。おじいちゃんの梅が美しく並んでいる一方で、おばあちゃんの梅はてんでばらばら。

「どもない、どもない。お日さんにあたったらええねん。ひっついてへんかったらええねん。どうせまたあとでひっくり返すねんから。細工はりゅうりゅう、仕上げを御覧《ごろう》じろぉ」

「なあ、おばあちゃん、そやけど、おじいちゃんみたいにしたほうが、ちゃんとお日さんにあたるんちゃう?」

「そんなこと、あらへん、あらへん。おじいちゃんがきれいに並べてはんのんは、ありゃ、くせや。まあ、おじいちゃん軍隊上がりやしな」

ある日。おばあちゃんが買い物に出たすきに、急に雨が降り出しました。おじいちゃんとわたしは、必死で梅を取り込みます。帰ってきたおばあちゃんに、

「どうする? おばあちゃん。最後のん、ちょっと濡れたかも知れへん。ほかす(捨てる)?」

と、きくと、おばあちゃんは明るくきっぱり言いました。

「そんなもったいないこと、せえへん、せえへん。隠し味や思たらええねん。どうせ、また明日干すねんし」

翌日、「細工はりゅうりゅう…」を口ずさみながら、梅を干すおばあちゃん。

まあよく言えば、段取りよくて、何ごとも適当で、程よくおさめる、ええかげん、ええ塩梅《あんばい》なお人なのでした。ああ、おばあちゃんの梅干し、もう一度食べたいなあ。

六十越えたら老いじたく、七十越えたら死にじたく。

「二たす一は〜？　もう一枚、いこっかぁ。は〜い、にっこり笑って〜、はいチーズ！

…ん〜、なかなか、ええ写真や」

わたしがデジカメで撮った写真を確認していると、すぐさまおばあちゃんがわたしの言葉に反応します。

「どれ。ちょぃと見せてんか」

眼鏡をずらしながら画面を食いいるように見ていたおばあちゃんは、やがておもむろに言います。

「よし決めた。これにしょ。これに決定。ともちゃん、二枚めやで。一枚めはいらん。三枚めからあともいらん。まぎらわしいから消しといて」

おばあちゃんはカメラ好き。自分が撮るのではなく、撮ってもらうのが大好き。自分がきれいに写っている写真は、「あのときよう」と指定します。

そう。言わずと知れた葬式用写真。

「六十越えたら老いじたく、七十越えたら死にじたく」

なにごとも段取り命のおばあちゃんの口ぐせ。日々の家事から、おじいちゃんとの月に一度の旅行、法事にいたるまで、早め早めに段取りしないと、気が落ち着かない人でした。人生の終いじたくに余念があろうはずもなく…。おじいちゃんが亡くなったあと、齢《よわい》七十を越えたあたりから、おばあちゃんの「あのときよう」写真選びには、いよいよ拍車がかかりました。

家族皆で写真を撮るとき、おばあちゃんは必ず最後にこう言います。

「ちょっと待って。最後に一人のあたし撮ってえな」

そういえば。杖をつくのも早かったおばあちゃん。雨傘の先端にゴムキャップをつけ、傘兼用の杖にしていました。夏は、日傘をやめて、帽子づくりが上手な知り合いに大きなつばの帽子をつくってもらい、帽子暮らし。

そのうち、傘兼用杖は重いからと、専用の杖を手にいれ、室内用、買い物用、外出用の折りたたみと、三種類の杖を使い分けていました。

入院準備も早かった。ただし、早すぎて、いざ入院するときには、時代が変わってしまい、必要な衣類、身まわり品は使い物にならず…。

「ばばあカー」と呼ばれる腰掛けつきの老人用手押し車を使うのも、ご近所では一番早く、色、形、重さ、大きさ、使い勝手の良さに徹底的にこだわり、杖はとうとうお役ごめんとなりました。

形見分けも早く、戦時中親戚にあずけて難を逃れた大切な市松人形を「これをあんたに形見分け」、と言われた人が何人も出現したのはご愛敬。結局、今はお仏壇の横に鎮座しています。

おばあちゃんの句集は、わたしが大学生のころに手渡されました。「まだ早いわ」と返すと、「あんたは情がうすい」と怒り、「では大切にあずかるね」としまい込むと、「ちょっと見るからいったん返して」。こんなやりとりがくり返されました。

どこから探してきたのか日本尊厳死協会にリビングウィルを宣誓したのは亡くなる十五年もまえのこと。その宣誓書のおかげで、おばあちゃんは自宅で穏やかに息を引き取ることができたのですが。

「呆けてしもたら言えへんから」と、葬儀のことまで決めているのに、あちこちにメモを書きのこしているせいで、どれが本心かわからない。最後の最後に決め手となったのは、お仏壇から出てきた嫁である母宛へのメモ。葬儀を決定する直前のことでした。

そんなこんなで、老いじたく、死にじたくは早かったおばあちゃん。

おばあちゃんの本番写真は、本人が選びました。亡くなる一週間まえ、数ある写真のなかから、母とわたしが厳選した数枚を拡大コピーし、目を閉じる閉じないで、選んでいくようにしました。おばあちゃんには、手を持ち上げて写真を指し示す力ものこっていなかったからです。力を振りしぼり自分が選んだ写真を見いっていたおばあちゃん。

「あのとき」を飾ったのは、キリリとしたおばあちゃんのカッコいい一枚でした。

おばあちゃんの
魔法のコトバ・十八番

7

「上見い下見い　せ〜なか見て　たんね」

探しものをし「おばあちゃ〜ん。○○があらへん」と言うと、「ように探してから人にもの尋《たん》ねなさい。ききゃ出てくるもんとちゃう。だあれも、あんたのもん背中にしょってお守《も》りしてへんえ」。

8

「じゅうの　しま」

つまらないことをすると、「あんたはあほか」というかわりに、言ってたセリフ。「十」書いて「の」で「あ」。「し」のよこに「ま」を書いて「ほ」。言葉遊びがじょうずなおばあちゃんでした。

9

「べんじょの　かじ」

「べんじょの火事」→「くそが焼ける」→「やけくそ」。こんちくしょう、と思って取り組まなければならないときに、おばあちゃんがよく言ってたセリフ。いったい、品があるのか、ないのか。

第4章

子育て
手塩にかけたおにぎり一つ

いややおもて仕事したら人生もったいないで。

「もう、こんな生活いやや。学校から帰ってきて、毎日毎日、トイレそうじと部屋のそうじ機かけ。だれとも遊べへん。何もできひん。もういやや！」

わたしは、階段の一番上からそうじ機を投げつけました。そうじ機は二つに割れ、一週間分のごみは階下にぶちまけられました。ほこりがもうもうと舞い上がります。

「ともぉ！　おまえ、何した思とんじゃ！」

仏画を書いているおじいちゃん、ふだんは穏やかなおじいちゃんが、目をむいて仁王立ちしています。わたしは泣きながら階段をおりました。涙とくしゃみが止まりません。弟は階段の上で泣き続けています。おばあちゃんが、間の抜けた声を出しました。

「あれまあ…　ともちゃん。どないしたん。えらい、疳《かん》たてて」

わたしが小学五年生のころのことでした。

わたしと弟の毎日のお手伝いは、小学一年生は牛乳とりと新聞とりからスタート。学年一つ上がるごとにおこずかいは百円アップし、仕事は増え、高度になります。二年生は、一年生の仕事プラス玄関はき、三年生は、それらにプラスしてお風呂わかし。

五年生のわたしは、全室のそうじ機かけと、トイレそうじ、二つの大きな仕事となりました。一年生の弟がわたしの仕事を引き継ぐことになったからです。

その家仕事が、わたしはいやでいやでたまりません。友だちと遊ぶ時間がないからです。遊ぶ約束をして学校から帰ってきても、すぐに出かけることは許されません。さきに家仕事と宿題をしてから、というのが我が家の決まり。大いそぎで、仕事をかたづけ宿題を仕上げ、自転車で集合場所の学校に行っても、もう誰も学校で遊んではいません。学校での遊びにあきると、探検と称しどこかへ行くのが、その当時の遊びだったからです。

さて。そうじ機を落としたことは強烈に覚えているのに、そのあとのことはしばし空白。

おばあちゃんによると。おばあちゃんが代わりにそうじ機をかけたそうです。わたしが泣いて謝って、「わたしがする」と言っても、「かまへん、かまへん。そうじ機、投げとぉなるほど、いややってんろ」と、取り合わなかったそうです。おばあちゃんのあとを、わたしはついてまわり、弟がそのまたうしろを泣きながらついてまわったそうです。

その日の夕食は、おかずなし。冷たくなったごはんに塩をかけて食べました。

「どうや、ともちゃん。そうじ機落として気ぃすんだか？　疳たてて気ぃすんだか？　疳たてて、どないかなるんやったら、おばあちゃんかて毎日疳たてるわいな。そやけど、ごはんつくらなあかん、せんたくせなあかん、そうじせなあかん。生きていこう思ぉたら、疳たてようが、たてまいが、いっぱいせなあかんことあるねん。

ほんまに、どないしたら、ともちゃんは気ぃよう仕事でけるんかいなあ。こればっかりは、おばあちゃんにもわからへん」

「いやや思ぉて仕事したら人生もったいないで。どうせやるなら、な〜んか得たろ思わな。おばあちゃんはな、いかに段取りよくするか、いかに一筆書きでできるか、考えながら

家仕事してるえ。そしたら、あっちゅう間におわるねん。そのうち、いやな仕事が楽しゅうなってくるねん。あんだけ、いややったのにやで。楽しゅうなるときが、ほんまにくるねん。これまた不思議なもんでな。おまけにな、早《はよ》ぉ仕事終わらせたら、あとの時間、好きなことに使えるねんで。このあと、何しよかいなあ、思てな。それ考えるんも、また楽しいもんやで。とまあ、おばあちゃんはこうやって乗り切ってまっさ。よ〜し！　ほな、いやなお茶碗洗い、二人でやってしまぉかいな」

生きていくために日々すべき雑多なことがあるのを知ったのは、このころのこと。「できるだけ気ぃよぉ、段取りよぉ、ごきげんに」取り組もうとしているおばあちゃんを知ったのも、ちょうどこのころでした。

階段の壁には大きな傷あと。その実家は数年前に取り壊され、今はもうありません。「ともちゃんがそうじ機投げたことかいなぁ。そんなことも、あったなあ」と、なつかしんでいっしょに笑うおばあちゃんも、今はもういません。

おばあちゃんに教わった五戒律。

「おしゃも、ねぶったら、あかんえ」

「畳のへり踏んだらあかんえ」

「枕踏んだら、罰あたるえ」

「おざぶ踏むもんちゃうえ。おざぶはにじって（すわったまま少しずつひざを使って進む）すわるもん。おざぶの一歩後ろですわんなさい。それから、にじっておざぶに上がるんえ」

「寝ている人の枕元通ったらあかんえ。足元通るんえ」


おばあちゃんに教わった五戒律。これらをやぶれば罰があたると、わたしは固くかたく信じていました。だからこそ、きちんと守っていたのです。たとえ、癇しゃくをおこし、そうじ機を二階から投げつけたとしても、畳のへりだけは踏みませんでした。たとえ、みそ汁の残りをお鍋から直接お玉で飲み干したとしても、しゃもじについたごはんつぶだけは、おはしで一粒ずつとっていました。

「ちょいと、ごめんやっしゃあ。急いでますねん」と言いながら、ごはんの入ってるおひつをまたぐか、またがないか、ぎりぎり一歩手前のことはするのに、どんなに体調が悪くても、どんなに急いでいようとも、おじいちゃんやわたしたちの枕元は決して通らず、足元をぐるりとまわっていたおばあちゃん。

「土鍋や思たらええ」と言い訳しながら、お鍋からきつねうどんを食べるときがあるのに、どんなにつかれていても、しゃもじについたごはんつぶは、ていねいにおはしで一粒ずつとっていたおばあちゃん。

「すんませんな〜。両手がふさがってるもんで」と障子にあやまり、足で開け閉めしながらも、畳のへりだけは決して踏まず、小走りに部屋をかけ抜けていたおばあちゃん。

今から考えると、言うこととすることとがちがうというか、バランスが悪いというか。いえ、逆にそれはそれで、バランスが取れているとでも、いうのか…。

とにかく、おばあちゃんは独特のルールで生きていた人でした。

もしかすると、おばあちゃんは、おばあちゃんのお父さんやお母さんやおばあちゃんに教えられてきたから、この五つを守っていたのかも知れません。

言いかえると、この五つを守るとき、おばあちゃんは、おばあちゃんのお父さんやお母さんやおばあちゃんを思い出していたのかも知れません。


そんなことを考えるようになったのは、わたし自身が、しゃもじについたごはんつぶをとるたびに、ふとんを敷くたびに、畳の部屋にそうじ機をかけるたびに、おばあちゃんを思い出すからです。わたしや弟をしつける、というよりも、どこか遠くを見ながら、穏やかに教えてくれていたおばあちゃんを。


つい先日。大学生になった娘が、わたしに告白しました。

「あんなあ、お母さん。わたしな、おしゃもねぶったら地獄に落ちるくらいの覚悟しなあかんもんやと思ててん。そやし、お鍋からおみそ汁直接のんだことはあったとしても、今までおしゃもはねぶったことなかってん。そやけどな、げんき（弟）がな、平気な顔しておしゃもねぶってるん見たら、自分もねぶってみとぉなってん。ほんで、ちょっとだけねぶってみてん。そしたら、全然どうもなかったわ。お母さんもやってみ」

「そんなことでけるかいな」

大きくなった娘に「めんめ（だめよ、いけませんよ）」と親指をつきだしたとたん、笑いがこみあげてきました。

（そうそう。そうなんや。あの子もお鍋からおみそ汁直接のんだことあるんや。そやけど、おしゃもはねぶったことなかったんや。おばあちゃんそのまんまや。隔世遺伝とちごぉて隔隔世遺伝やん。いや、隔隔世習慣やわ。

文化ってこないして受け継がれていくんやろぉか。気ぃつけな。気ぃつけな）

自戒を込めたわたしです。

子どものうちは、できるだけ子どもでいさせたげるんやで。

わたしには息子がいます。げんきと言います。三つ上に姉のももがいるから、彼は次子。その息子が小学校入学するとき、事情でわたしたち家族は関東に引っ越しました。息子が学校に慣れるには時間がかかりました。泣いて吐く朝が、一年半ほど続きました…。

その最中の夏休み。京都に帰省。わたしは子どもたちを連れ、双方の実家に一週間ずつ滞在しました。

わたしのおばあちゃんは子どもたちにとってはひいばあちゃん。このころ九十歳。一家の主婦から引退し、定年退職したわたしの両親とゆっくり暮らしていました。

そこにひ孫たちがやってきて。おばあちゃんは、さぞてんやわんやだったことでしょう。おばあちゃんの感覚では、暮らしは四倍速で進んだにちがいありません。「そないに、次から次へと動けるかいな。こら、心臓もたんわ」と、毎夜八時にはバタンQ。だれよりも早く寝ていました。それでも翌朝早くから、子どもたちと庭の草抜き競争をしたり、水をまいたり、習字や百人一首をしたり、大活躍のおばあちゃん。

明日帰るという日の夕方。おばあちゃんの部屋で、大量のせんたくものをたたむわたしのそばにきて、おばあちゃんが言いました。

「あんなあ、ともちゃん。男の子って言うんはなあ、育つのがゆっくりやねん。急《せ》かしたら、あかんえ。女の子とちごぉて、気ぃが利かへん生きもんや。まわり見ながら立ちまわるんが、にがてな生きもんや。

そのうちなあ、気ぃ利く子になるかも知れん。聡《さと》い子になるかも知れん。それもこれも、じっくり育ったあとの話や。とにかくなあ、男の子は、ゆめゆめ急かしたらあかんえ。そうせな、せっかくのええところがつぶれてまう。たいていつぶすのは母親やねん。あんたも、こころしいや。げんきちゃんも、そのうち、ぱあ〜って花開くわ。じっくり待ちよし。

待って待って生まれてきた子やろ。大きゅうなるんも、おんなじように待って待って、したりぃや。親が、待ってやったら、子はすくすく育つ。

ええか。ともちゃん。男の子って言うんはなあ、将来は、男になるんやで。自分で道切り拓いて生きていくんやで。だれか守って生きていくんやで。そやし、子どものうちは、できるだけ子どもでいさせたげるんやで。たっぷり甘えさせたげよし。子どものうちに、たっぷり甘えさせたら、大きぃなったとき、母親も未練のぉ、すっぱり子離れできるわ。それをやな、小さいうちに、中途半端に甘えさせたり突き放したりするさかい、大きぃなって、子が離れよぉてするときに母親のほうがしがみついてまうんや。とにかく。今のうちや、今のうち。ゆっくり待って、たっぷり甘えさせたげよし。

それとやなあ。ももちゃんもたっぷり甘えさせたげや。あの子もえらいよぉがんばってるえ。あんたかておねえちゃんやってんし、そのへんのことは言わんでもわかるやろ。

おばあちゃんのいうことは、それだけや。あんたも、ももちゃんもげんきちゃんも、だいじなだんなさんも、お守りしとくしな。お仏壇のおじいちゃんにも、お守りしとくなはれってお願いしとくしな。ほな。この話はこれで、もうおしまい。よいこらせっと」

おばあちゃんは、ふとんにごろんと寝転んで、つぶやきました。

「あ〜あ。明日帰るんやなあ。寂しぃなるけど、ええころや。これ、あともう一週間いられたら、あたし火ふくわ。ほんに、孫は来てよし帰ってよし、や。また、お正月に会えるん、楽しみにしときまっさぁ。さあさ、ももちゃ～ん、げんきちゃ～ん、おばあちゃんといっしょにお昼寝しよかぁ。お昼寝するもんこの指止～まれぇ。あら～、だ～れも止まらんかぁ。これまた寂しいこって」

「おばあちゃん、あたしがいっしょに寝るわ。久しぶりにおばあちゃんに甘えられるわぁ」

「あ～！　お母さんずるい～。おばあちゃんと寝てはる～。おねえちゃ～ん。お母さん、おばあちゃんと寝てはるでえ～。こっち来てみぃ～」

「あ～、お母さんずるう。ようし、げんき、おばあちゃんのふとんにはいろ！

そっれ、おっしくらまんじゅう、押っされって泣っくな～♪」

「おねえちゃん、痛い～。つぶれるう～。おばあちゃん助けてえ～」

「それ。げんきちゃん負けんと押し返したりい！　そっれ！　押っされって泣っくな～♪」

「お母さ～ん、おねえちゃんとおばあちゃんが押さはるう～。痛いよ～。うえ～ん…」

おばあちゃんは壁ちゃうえ。

「おばあちゃ〜ん、おっきな紙袋ちょうだいなあ。てきとうに探させてもらうで〜」

「……」

「あれ、おばあちゃん、どしたん？　なあ、おばあちゃんって。紙袋ほしいねんけど」

「おばあちゃんは、壁ちゃう」

「へ？」

「おばあちゃんは、壁ちゃうで」

「へ？　何言うてんのん、おばあちゃん」

「ともちゃん。ちょいと、ここに、おいないい（来なさい）」

長女もも四歳、長男げんきが一歳になった夏休み。子どもたちを連れて実家に行きました。春休み以来です。みんなであいさつをかわし、お茶を飲みほっと一息つくのもそこそこに、わたしは部屋中を歩きまわりました。滞在の一週間を暮らしやすくしたかったからです。子どもたちの着替えやおむつなどを使いやすい場所におく準備をはじめました。

子どもたちはわたしにまとわりつきます。特に一歳のげんきは、おばあちゃんが気になって仕方ありません。でも、おばあちゃんに話しかけられると、すぐにわたしの膝頭のあいだに顔をつっこんできます。ようやく、娘が、おばあちゃんといっしょにすわって広告紙を切りはじめました。

わたしは、げんきにまとわりつかれながら、まだ、家中うろうろしています。衣類をいれるための大きな紙袋と、綿棒やおしり拭きをいれるための大きな菓子箱をさがしました。

(そうそう。おばあちゃんがもってるんやった。空き缶、空きビン、紙袋っと)

わたしが落ち着かないからか、げんきはとうとう、べそをかきはじめました。急いで広縁にはいり、がさごそがさごそ。紙袋を探し出し、冒頭の「おばあちゃ〜ん、おっきな紙袋ちょうだいなあ…」と言ったとたん、おばあちゃんから「おいないない」が。

こういうとき、わたしは即、正座です。あらら、一歳のげんきまでべそをかくのをやめて、すわりました。

「あんなあ、ともちゃん。おばあちゃんは壁ちゃうえ。あんた、今さきどこ見ておばあちゃんにもの言《ゆ》うた？　歩きながら言わへんだか？　壁見てしゃべってたんちゃうか？歩きながらしゃべられても、何もきこえへんがな。年寄りはなぁ、目ぇ見て、ゆっくり話してもらわな、何しゃべってんのか、わからへんねん。いや、年寄りだけちゃうえ、子どももや。あんた、子どもらにしゃべらんと、壁にしゃべってへんか？

それとなあ。ええか、ともちゃん。言葉なげるもんちゃうえ。言葉はかけるもん。何やしながらでも、いったん、手ぇとめて、子どもの目ぇ見て、話するんやで。子どもの目ぇ見て、話きくんやで。手ぇとめても一分もかからんやろ？　小さいことの積み重ね。

ええかげんな返事は、ええかげんなモノ言いからはじまる、っちゅうことや。ええな、わかったな。子どもはよう見てんで。気ぃつけなさいや。

まあな、あんたは聡い子やさかい、よそさまには気つけてる思うけどな。だいじな人ほどおろそかにならんように、せんとなあ。だんなさんも、しかり。子どもらも、しかり」

おばあちゃんは言うだけ言うと、「ほな、この話はこれでおしまい」と、切り上げました。広告紙で「三角てっぽう」をつくると、大きくかまえ、上から振りおろすおばあちゃん。ぱ〜ん！　大きな音。

「すごぉ〜い！　おばあちゃんってすごぉ〜い！」

ももがぴょんぴょん跳びはねました。げんきもわたしから離れて、ちょんちょん跳びながら、おばあちゃんのそばに行きました。きゃっきゃ、きゃっきゃ歓声をあげています。久しぶりだから、半日は人見知りするかなと思いましたが、三十分もしないうちに、子どもたちはおばあちゃんになじんでいました。さすが年の功。

子どもたちが、おばあちゃんの言うことをきくのは当然です。おばあちゃんは、子どもたちが話すとき、決して目をそらしません。いったん手を休め、子どもたちの目を見て、話をききます。亀の甲より、おばあちゃんです。

小さかった息子も十五歳になりました。「生返事が多いのはお年頃か。ちょっと待てよ。もしかして、わたし壁に言葉なげてる？」ああ、おばあちゃん、日々是反省のわたしです。

しゃあないなあ。ほな、代わりに…

「おばあちゃん、パンツのゴム切れたみたい。なんか、ズボンがへん」

保育所の年長組のわたしは、とうとうスキップをやめ、立ち止まりました。ズボンのなかに手を入れてパンツを引き上げようとしましたが、パンツはズボンの股下部分に引っかかったまま、左右の太ももあたりでもみくちゃになっています。

保育所からの帰り道。弟がお休みしていたから、わたしはおばあちゃんとふたりきり。おばあちゃんに手をつないでもらいながらのスキップが止まらないほどうれしかった。

いつもなら、おばあちゃんは弟と手をつなぎます。もう片方の手は、わたしたちの着替えをもつから、わたしはおばあちゃんに手をつないでもらえません。「四つ上のおねえちゃんだけの特権やでぇ」と、買い物かごをもたせてもらうことが魅力的ではなくなっていたから、よけいにうれしかったのです。

「そら、大変やなあ。もそもそ気持ちわるいやろ。ほな、さっさと買いもんすまして、早ぉ帰ろなあ」

「うん。そやけど…。なあ、おばあちゃん、パンツもってくれへん?」

「しゃあないなあ」

道端で、おばあちゃんはわたしのパンツを引き上げてくれました。そのうえ、かがんで歩きながら、右手でわたしのおへそあたりをおさえていっしょに歩いてくれました。おばあちゃんがわたしのお願いをきいてくれたのがうれしかったのと、おなかがこそばいのとで、わたしはおなかをよじってケタケタ笑います。おばあちゃんも「しゃあないなあ」と、笑ってこたえます。おばあちゃんは、うしろからパンツを引き上げたり、よこから引き上げたり、ああでもない、こうでもない、と試行錯誤をくりかえしました。最後は、わたしがパンツを、袋をしぼるように、にぎって歩くことで落ち着きました。おばあちゃんにパンツをもってもらうと、おばあちゃんと手をつなげないことがわかったからです。

今から思えば、おばあちゃんは、わたしや弟のお願いに「だめ」と言ったことは一度もありませんでした。おばあちゃんは、「しゃあないなあ」と言いつつ、願いをかなえようとしてくれました。それが、どんなに突拍子のないことでも。

だからこそ、わたしたちも、おばあちゃんに言わせると「だだをこねて困らせたことは一度もない子ぉら」だったのです。

ただ一つの特筆すべきこと…。おばあちゃんは、わたしたちのお願いをきいてくれたあと、必ず言うセリフがありました。知ってか知らずか、おばあちゃんは、おばあちゃんなりのお願いごとを、そうっとすべりこませていたのです。たとえばこんな風に。

「あんなあ、ともちゃん。おばあちゃんな、ともちゃんのお願いきくのん、やぶさかではないねん。そやけどな、きいてたら、おばあちゃんがせんならんことが、できんようになってまうねん。そやさけ、ちょっと代わりにこれ手伝《てっと》ぉてくれへんかいなあ」

さらに言うと、わたしが高校生になるころには、その要求はかなりなものになりました。

「しゃあないなあ。ほれ、貸してみよし。ついでにボタンつけたげるよってに。その代わり、おばあちゃんの代わりにせんたくもん、たたんどいてくれへんかいなあ。ついでにお風呂もわかしといてえな」

「靴の裏てか？　しゃあないなあ。ついでに直しといたげるさかい、おばあちゃんの代わりに、お米かして（といで）、お茶碗なおしといて（食器棚にかたづけて）くれへんかいなあ。ついでに、おつけもんのきうり二本ひきあげといて。ざるに洗い上げたぁる新しいのん、三本漬けといてな。ぬかは底からよ〜お混ぜといてな」

四十年後。つい先日のこと、高校生の息子が言いました。

「今日クラブないねん。体幹（トレーニング）するし、ちょっと首おさえてくれへん。五分だけ。お願い！」「むりむりむりむり」わたしは即、拒否してしまいました。そのあと、「今ほんま、余裕ないねん」と、ごにょごにょ言い訳するわたし。息子の小さなあきらめ顔を見たとたん、しまった！　ああ…。「しゃあないなあ」が言えない自分。「しゃあない」ではすまされない…。まだ、間に合うかなあ、おばあちゃん。

とにもかくにも、やらんならんこと、五分だけ手ぇつけとぉみ。五分だけ本気出しとぉみ。

おばあちゃんは､雨の日も風の日も雪にも夏の暑さにも負けず朝五時に起きていました。家族のだれよりも朝早く起き、窓をあけ家中の空気をいれ替え、干す物を干し、お湯をわかし、ごはんを炊いていました。たんたんと、いえ、粛々と家事をすすめていました。

「なあ、おばあちゃん。毎日毎日、ごはんつくってせんたくしてそうじして、楽しい?」

高校一年生の夏休みの朝。何もかもいやになったわたしは、何をするにもだらだらしていました。せっせせっせと広縁の拭きそうじをするおばあちゃんの横で、わたしはこれ以上抜く力がないほどのいいかげんさで、ぼやきながら台所の拭きそうじをしていました。

おばあちゃんは、拭く手を休めずこたえます。

「楽しいこといっぱいあるえ。今日も元気に働かせてもらえてうれしい。手足もからだもよう動く。ごはんもおいしい。おじいちゃんも元気にならはった。これ以上のことがあるかいな。あ〜、ともちゃん。あんた、仕事いややったらやめてんか。いやいやしてても、台所きれいにならへんし。あたしがするし、もうええわ。何《なん》など好きなことしてきよし」

手を休めずにこたえる言葉は、拭くリズムに連動するから力がはいり、強くきこえます。

おばあちゃんが拭いた床は、清々しく見えました。一方、わたしの拭いた床は、ただぬれているだけ。きれいもきたないもありません。何もかもが中途半端なわたしでした。

広縁を拭きあげると、おばあちゃんはよごれたぞうきんを集め、洗い場で洗います。

わたしは、手伝うでもなし、広縁に腰かけながらぼんやりその姿をながめていました。

「ともちゃん、バケツの水見とぉみ。ほれ、真っ黒。こないによごれ吸いとってんで。こんだけぶん部屋がきれいになったんえ。ああ、うれし。こころまで落ち着いてくるわ。こうしてな、水替えて替えて、ぞうきんきれいに洗って干して。お日さんにあたってぱりぱりにかわいたんで、また明日そうじできるんえ。な〜んてうれしこっちゃ。それをやな、どうせまた今日一日でよごれるし、なんて言《ゆ》うてたらどんどんどんどん部屋はきたなぁなっていく。なんやこころまでうすらよごれてくる。あんたはどっちをとりますか、ちゅうことや」

わたしは、「またや」とこころのなかでため息をついていました。手持ちぶさたのその手で、仏画の準備をするおじいちゃんの岩絵の具をさわりました。岩絵の具を並べかえて箱に入れようとすると、おじいちゃんは眼鏡をずらして目をむきます。「おいおい、とも、さわってくれんな。色の順番がくるうがな」

おばあちゃんには台所のぞうきんがけは不要と言われ、おじいちゃんには道具をさわるなと言われ。ちょっかい相手の弟は二階に上がったまま。

弟は、突然変異をおこしたのか早朝から勉強をしています。遊び友だち全員が塾に通いだしたため、弟は父に頼み込んで塾に行かせてもらっていました。はいった塾が中学受験専用の進学塾とも知らずに。友だちが行ってるから、というただそれだけの理由で。だから授業についていくのがせいいっぱい。それでも本人は、宿題に一生懸命取り組んでいます。あれほど遊んでばかりでやんちゃだった弟が、今はわきめもふらずに勉強しているのです。

「みんな、やることあってええなあ。あ〜あ、おもしろな（おもしろくないな）」と思ったところに、当の本人が二階からおりてきました。

「おばあちゃん、ぼく、算数こんだけできてん。ほら見て。今日なテストやねん。そやし、ちょっとがんばってくるわ」

といって、おばあちゃんのつくったおにぎりをかばんにつめこみ、出かけていきました。

おばあちゃんが言いました。

「てっちゃん見とぉみ。いややとか、しんどいとか、言わへんやろ。勉強おもしろいんが、わかってきやってんわ。なあ、ともちゃん。やり始めたら、おもしろいもんやねんて。なんでもはじめの一歩。なんでも最初の最初がいやになるようにできてるんやろなあ。

まあ、神さんからの試練やわなあ。それをやな、最初の五分。五分でええさかい、やってみたら、あとはなんとかできるもんやって。ともちゃんかて、できる力はたんとうもってるねん。やるかやらへんか、だけの問題やねんて。とにもかくにも、やらんならんこと、五分だけ手ぇつけとぉみ。五分だけ本気出しとぉみ。ほんなら、知らんうちにおもしろうなってくる。

てっちゃんの勉強も、おじいちゃんの絵も、あたしのぞうきんがけも、み〜んな、おんなじやねんて。できたら、うれしい。いったん波に乗ったら、もうちょっと続けとうなってくる。ほなまた、気持ちあたらしゅうして、やろかいな、て思えてくるもんやねんて。あんたらの勉強やおじいちゃんの絵は、やったらやったぶんだけ、結果が見えるやん。あたしの家仕事は、やってもあんまりわからへん。そやけどな、自分は知ってるわな。やったってこと自分は知ってる。それでええねん。それでじゅうぶんやねん。

な、ともちゃん。そろそろ五分だけ本気出してやってみぃひんか。だまされた思ぉて」

わたしは、しぶしぶ立ち上がりました。おばあちゃんの口ぐせをまねて「よ〜し!」と、気合をいれました。台所の床を拭きなおしました。今度は手に力を込めて、すみずみまで。

息が上がるほど、からだがあつくなりました。

拭き終えたあと、うしろを振り返りました。床は清々しく光っています。達成感とでも言うのでしょうか。なんだか満たされた気持ちになりました。

気づくとクラブに出かけるまで、あと三十分ほどしかありません。おばあちゃんの言うとおり、だまされたと思って五分だけ本気を出してみよう。

数学の問題に取り組んでみました。

「あ。できたやん、あたし。四問も解けたやん」

でも、あともう一問を解く時間はありません。

「よし、帰ってから、また一問してみよ。あ。もしかしたら、こぉ言《ゆ》うことなんかなあ。そっかあ、最初の五分、本気出す。それを続けてやってみる、んかあ」

おばあちゃんと同じ時間に起きてみようと思った十六歳のわたし。新学期まであと十日をきっていました…。

あれから三十年。おばあちゃん、わたし今、おばあちゃんとおんなじ時間に起きてるえ！

働きもんの手ぇは、働きもんにしか見つけられへん。

働きもんの手ぇの人は　よろこぶのんじょうずえ
やり遂げたことあるから　どんなちいちゃいことにも　すぐによろこべるねん
働きもんの手ぇの人は　ねぎらうのんじょうずえ
苦労したことあるから　人の苦労や工夫に　すぐに気ぃつけるねん
働きもんの手ぇの人は、いたわるのんじょうずえ
しんどなったことあるから　人がしんどいのんにすぐに気ぃつけるねん
働きもんの手ぇは働きもんにしか見つけられへん
心配せんんかて　ええで
働きもんになろ思ぉたら　すぐなれる

働きもんになろ思ぉたら　家仕事したらええんや
玄関はくんでも　ごはん炊くんでも
トイレそうじするんでも　いいんえ
おふとん干すんでも　あらいもん洗うんでも
庭仕事でも何でも　いいんえ
なんでもええさかい　いっぺんしとぉみ
それつづけとぉみ
あんたが大きゅうなって　好きな人でけたときは
そのひとが働きもんかどうか　よう見いな
働きもんのこころで　よぉ見るんやで
あんたやったら　だいじょうぶ　ちゃあんと見れる
なんでかてか？
そんなんきまってるやん
働きもんのおばあちゃんが　あんたは働きもんやて知ってるんやさかい

おばあちゃんの
魔法のコトバ・十八番

10

「人間って欲どぉしい（欲ばりな）生きもんや　もってるくせに、新しいもんすぐに欲しがる」

「手放したら入ってくるんも知らんとな」と続きます。「放しもせんとすぐに欲しがる。いっぱい欲しがる。手二つしかあらへんのにな。背中一つしかあらへんのにな」

11

「出さな　はいってくるかいな」

「ほれほれ。出さな。出しとぉみ。うんこでも、お金でも、言いたいことでも。何でも出さな、はいってくるかいな」

12

「みぃんな　きいてきいてや」

「自分のことをきいてきいて、ばっかしや。人のことをきいたら、きいてもらえんのにな。神さんが、口一つにして耳二つにしはったん、よ～考えとぉみ」

第5章

いのちを守る
明日もなんとかなるわいな

人の世は照る日曇る日柿若葉
ええ日もある。わるい日もある。

実家の庭に小さな柿の木がありました。おじいちゃんおばあちゃんの部屋、南側の縁側を出て、すぐの場所。ちらちらと小さな木陰をつくってくれていた木。その柿の木をみて、詠んだのでしょう。結婚するときに、おばあちゃんが俳句をプレゼントしてくれました。おばあちゃんが今まで詠んだ六十五句のなかで、わたしの大好きな句です。

人の世は　照る日曇る日　柿若葉

「柿の葉っぱに裏と表があるんとおんなじように、人生において、ええ日やわるい日があるんは、あたりまえ。

も一つ言《ゆ》うとな、柿の葉っぱに裏と表があるんとおんなじように、人に陰と陽があるんは、あたりまえ。自分にあるんとおんなじように、人さんにも陰もあれば陽もある。みんなにあるんが、あたりまえ。それだけのこと。

ええ日やわるい日に一喜一憂しててんと、陰や陽に振りまわされてんと、この柿の葉を見とぉみ。若葉の、なんとみずみずしいこと。うれしいやおへんか」

そういえば、おばあちゃんは、いつも言ってました。

「ええ日もある。わるい日もある。両方あってあたりまえ。ええことばっかりもでもないし、わるいことばっかりでもない。自分でよかれと思ぉたことでも、見方によったら、わるいこともあるやろうし、その逆もあるえ。そんなんの繰り返し」

「人さんは、あんさんは明るうてよろしおすなぁて、言わはるけどな。あたしかて、陽のときもありゃあ、陰のときもあるがな。両方あってあたりまえ。陰のときに、人と会わへんだけやがな。陰のときには陰のすごしかたがあるねん。陽のときには、陽のすごしかたがあるんとおんなじようにな。だれかて、そんなもんや」

「男とおなごがいるように、ええもわるいもあるんが人生や。まあ、お天気の日ぃと雨の日ぃがあるんと、おんなじ道理やわな」

「ええ日やぁ、わるい日やぁ、言《ゆ》うて、そのたんびに気持ちあがったりさがったりしてたら、大変やがな。それより、両方あるんがあたりまえや思ぉといたらええねん」

「もっとだいじなことがあるんえ。こないして生かしてもろぉてることや。何あったかて、何やったかて、みぃんな新しい朝むかえさせてもろてんねんえ。こないにうれしいこと、あるかいな」

「苦難困難いつでもくるんが人生や。それをやなあ、大変やぁ大変やぁ言《ゆ》うてるうちは進まれへん。自分は生かされてるんや思ぉたら、ぶうぶう言うまえに、どないして乗り越えたろかいなて、考えるもんや」

おばあちゃんは、ごはんをつくりながら、繕いものをしながら、せんたくものを干しながら、いろんなことを話してくれました。わたしに話す、というよりも、自分に言いきかせていたのかも知れません。

おばあちゃんって、なんであんなに、鋭いことを言えるんやろう。

いっつも、ふわふわ、へらへら、ひょいひょいしてるのに。

わたしもおばあちゃんになったら、孫にあんなふうに言えるやろぉか。

新緑がまぶしいころになると思い出す、おばあちゃんの俳句。おばあちゃんの休まず動く手。そして、ひとりごとのように語ってくれる言葉。わたしのなかに、おばあちゃんが生きている。

おばあちゃん、今日もありがとう。今夜も平穏な気持ちで眠りにつけそうです。

なおらへん風邪はない。

「おばあちゃん、なんか風邪薬もってへん？　もってたら、ちょっとくれへん？」

実家についたとたん、わたしは高熱を出してしまいました。

長女のももを出産した十九年前。里帰り出産を思いつかず、産後二か月たってから、娘を見せに実家に行きました。ところが高熱のため、ふとんへ直行。結局、三週間近く滞在することになります。結婚後、初めての実家暮らしは寝ることからはじまりました。

「風邪薬てあんた。だれが飲むんえ？　タカさん風邪でもひかはったんか？　タカさんに送ったげるんか？」

「ううん、あたし」

「あんたかいな。あんたが薬ほしいんかいな。そらぁ、あかんわ。あげられへん」

「え〜、なんであかんのぉ？　おばあちゃん病院の薬いっぱいもってるやん。あたし病院行く元気もあらへん。もう、鼻もずるずるやしあたまぼ〜でどないもこないもならへん」

「薬より養生しい。あんた、お母さんになってんで。ももちゃん守るんはあんたやねんで。おっぱいに薬が出たらどうすんの？　産まれたばっかりのももちゃんを薬づけにしたら、あたしがゆるさへんで。風邪なんてもんは、栄養あるもん食べて、あったこぉして、たっぷり寝たら、なおるようにできてる。なおらへん風邪はない」

ということで、八月だというのに、たくさんのふとんをかけられ、寝かされました。


おっぱいが必要なときだけ、わたしは起こされます。食べるものといえば、梅干し入りの薄いおかゆと、ずいきの炊いたん（頁127参照）、とうふとたまごのみそ汁。毎日毎日、こればかり。おっぱいを出しやすくするための、昔ながらの食事だそうです。

娘のお相手は、もっぱらおばあちゃん。娘は、角材に毛布を巻いたものを足裏にあてられハイハイの練習をさせられたり、ざぶとんをわきにおかれ寝がえりの練習をさせられたり。泣くひまもありません。「おばあちゃんは、ひ孫に何をさせたいんや」とうつらうつら思いつつ、ふとんにくるまり続けた一週間でした。

おばあちゃんは、「若いもん」を見ると使命感に燃えるようです。自身は、病院でけっこうな量の薬をもらっているのに、そんなことはおかまいなし。有無を言わさず「薬より養生」でわたしを再生させたおばあちゃん。再生の肝は、やっぱりおばあちゃんの愛情たっぷりのごはんでしょう。

熱が下がると、おばあちゃんのつくってくれるごはんは、昔ながらのいつものメニュー。めざしの焼いたん。きうりの酢のもの、なすの炊いたん、冷奴におみそ汁。毎日毎日同じもの。それでも、酢のもののきうりの相方は、しょうが、みょうが、しそ、鱧皮《はも》、かまぼこ、ちりめんじゃこ…と毎日変わる。なすの相手も、あげ、にしん、牛肉…と目先が少しずつかわっていくおばんざい。飽きるどころか、毎食おいしく三週間の天国暮らし。

おばあちゃん、おかげで娘は、たいしたアレルギーも出さずに、すくすく育ちました。おばあちゃん、ももの大好物は、やっぱり今も、なすの炊いたんです。

ちなみに、ずいきは「芋茎」と書き、紫色をしたさといもの茎です。おばあちゃんによると、母乳の出がよくなるのだそうです。ずいきそのものに味はあまりないのですが、スポンジのようにだしをよく吸うので、食べると、口いっぱいにじゅわ～っとだしがひろり、ずいきのシャキシャキ感がアクセントになり、えもいわれぬ至福感を味わえます。

ずいきの炊いたんのつくり方

1．ずいきの皮を薄くはぐ（包丁を少し入れるとす～っとはげる）。
2．鍋に入るくらいの長さに切り、水にさらす（30分くらい）。
3．酢を入れた、たっぷりの熱湯でさっとゆで、すぐにざるに上げる。
4．冷めたら、水けをしぼり、5センチくらいの長さに切りそろえる。
5．だし、酒、みりん、薄口しょうゆ、塩（お澄ましの少し濃いめ）で味をととのえ、沸騰したら4のずいきをいれる。一煮立ちしたら火を切り、余熱で味をしみこませる。
6．仕上げに、しょうがの千切りをのせると、一流料亭の味に！

金は天下のまわりものちゅうけど、ほんまは、命は天下のまわりもの、なんや。

「本気で勉強する気がないんやったら、今すぐやめなさい！」

両親に一喝されました。高校生のころ、塾に通いはじめて四か月めのことです。予習復習をせずに通うだけの三か月。成績はアップするどころか、塾の授業にさえついていけない状態。五分遅刻、十分遅刻、三十分遅刻。遅刻の記録は更新中。壁をこえると、あとはずるずる。そして無断欠席。四か月後の九月。塾をやめることになりました。

叱られたことはあまりおぼえていません。でも、ずっしりこころにのこっていることがあります。おばあちゃんに言われたことです。

「ともちゃん。あんたなあ、お金は命やで。あんたの塾の学費は、父ちゃんと母ちゃんが、命けずって働いて、もろぉたお給料から出してくれたはってんろ。あんたが塾をさぼったっちゅうことは、あんたは、あんたの父ちゃんと母ちゃんの命を粗末にしたっちゅうことや。父ちゃんと母ちゃんは、あんたが塾行かへんだことを、あんたのためや思ぉて、いろいろ叱ってたようやけど、あたしに言わしたら、そんなことはどうでもええ。

それよりも何よりも、あんたが、あんたのだいじな父ちゃんと母ちゃんの命を粗末にしたことが情けのうて、悲しゅうて、どないもこないもならへん。あんた、いったいどない思ぉてるんえ」

わたしはお金を粗末にしたのではなく、父と母の命を粗末にしたというのです。

おばあちゃんは、わたしが小学生のときにそうじ機を階下へ投げ落としたことも、中学生のときに黒豆をぶちまけたことも、決して叱らなかったのに、今回はしつこいほど「情けない」「悲しい」を繰り返します。最後は、「そんな風にあんたを育ててしもぉて、神さんに申し訳ない」と泣き崩れました。

おばあちゃんが言うには、お金をむだに使うということは、命を粗末にすることでした。

だから、少々のかんしゃくや不注意、家仕事をいやいやすることについては、何も言いませんが、次のようなことをすると、わたしや弟を正座させて叱りました。

1. 食べものをのこす
2. ものを大切にしない
3. 自分を大切にしない
4. 自分の時間やひとの時間を大切にしない
5. 自分の力を出し惜しみする

そう。これらはすべて、命を粗末にすることだと言うのです。おばあちゃんは、わたしたちが命を粗末にすることを決して許しませんでした。少しでも粗末にしようものなら、静かに厳かに叱ったのでした。

「あんなあ、ともちゃん。お金はなあ、誰かの命をけずって、まわってきたもんやねん。そやし、あたしは、人さんが命けずってこしらえたもんや、育てたもんにそれ相当のお金をはらいたいし、人さんが命けずって稼いだお金をだいじに受け取りたい。それと、ともちゃんてっちゃんには、知恵いっぱい身につけて、うまいことっちゅうんか、よろこんでっちゅうんか、とにかく、神さんから、もろぉた命を、だいじにだいじにけずっていってもらいたい、て思てる。

あたしの考えかた、あんた笑うかもしれんけど、あたしはこれで今まで生きてきたんや。**それとな。金は天下のまわりもの、ちゅうけど、ほんまは、命は天下のまわりもの、なんや。命だいじにせなあかん。むだにしたらあかん。腐らせたらあかん。命は生かすもんや。そやし、お金も生かす、て言うんや**」

きいているうちに、わたしは訳がわからなくなり、おばあちゃんに「もっかい言って」と言いました。おばあちゃんは何度も何度も同じことを言いました。

「要はお金は命っちゅうことや。人間はなあ、だれかの、何《なん》かの、命をいただいて生きてるんや。そやし、いただいた命をだいじに使い切らなあかんし、生かさなあかんのや」

高校生のわたしには、ずっしり重いおばあちゃんの言葉。「天下のまわりもん」がお金じゃなくて命だと、教えてくれたのは、おばあちゃんだけです。

水一滴があんたのからだつくるねん。

「ほんに、もう。えらいこっちゃ。ともちゃん、ちょいと、おいない」

食べ終えた器を台所にもって行くと、おばあちゃんがわたしの湯のみをもっていました。

「ともちゃん、ほらまた、ちょろんとのこす」

少しお茶がのこっています。おばあちゃんはわたしのお茶を飲み干しながら言いました。

「飲めへんのやったら、最初から飲める分だけ注《つ》ぎよし。いっぺん口つけてしもぉたもんは、おいとけへんやろ」

「こんだけのお茶ぐらいで、と思うかも知れへんけどな。このお茶わかすのに、どんだけ（お金）かかる思う？ 昔はなぁ、水汲むとこからはじめてんで。水汲むのんは、子どもの仕事でなあ。ぴっちゃんぴっちゃん、運ぶのん、大変やってんで。そやから、一滴の水もむだにせんかったし、むだにするあたまもないわな。また、えらい目ぇして自分が汲まなあかんねんから。今は蛇口ひねったらすぐにじゃ〜って出てくるし、理解せえ言《ゆ》うほうがむりなんかも知れんけどな。

なあ、ともちゃん。このお茶はな、父ちゃん母ちゃんが、朝早《はよ》から夜遅《おそ》まで働いたお金で買ってるねんで。お茶わかすのかて、水代、ガス代、お茶っ葉代、洗うのんに、また水代いるねんで。あんた、どんだけかかってる思う？　生きていく言うことは、何にでもお金かかるんやで。おばあちゃんは、お茶飲むな言うてるんとちゃうで。命けずって働いたお金で買ってるからこそだいじにしよな、て言《ゆ》うてるねん。

水一滴があんたのからだつくるねん。あんたのからだつくる思うからこそ、父ちゃんも母ちゃんもきばって働けんねん。一回しか言わへんえ。あんたも聡い子やから、一回言《ゆ》うたら、これでわかるわな」

おばあちゃんは、茶碗を洗う手をとめて、わたしに言ってきかせました。

おばあちゃんは実際、どんなときにも徹底していました。だしをとったあとの昆布は細切りにし、つくだ煮にしていましたし、かつお節はふりかけにしていました。だしじゃこは、ほかす（捨てる）のがもったいないからと、料理から引きあげずにいれたままにしていました。だしじゃこだけのこそうものなら、きっちり叱られ、次回食べるときは、その倍のだしじゃこがわたしの器にしっかりはいっていました。

煮汁がなべ底5ミリくらいしかのこっていなくても、空きビンに移しかえ、次の煮炊きものに使います。その煮汁が少しあまったら、また新しい小ビンに移しかえ、次の煮炊きものにと使いまわします。そして、いつの間にか冷蔵庫が、なぞのだしだらけとなっているのです。

「なあ、おばあちゃん。これなんのだしやろ？」

「ん？　それかいな？　なんやたっけなあ」

「ほな、これは？」

「それか？　それはなあ、え〜っと」

「なあ、おばあちゃん。これ、いつのんかわからへん。あぶないんちゃう？」

「にごってるか？」

「にごってると言えば、にごってるし。にごってへんと言えば、にごってへん」

「匂《にお》てみ」

「わからへん」

「ほな、ちょいと飲んでみて」

「なんか、酸《す》いような気ぃもする」

「さよか。ほな、全部かして」

「どうすんの？　おばあちゃん。なにすんの？」

「こんなもん、火いれたらしまいやがな」


こうして、なぞのだしはすべて鍋にまとめられ、火にかけられます。沸騰しただしは新しく生まれかわり、また次の煮炊きものに使われていくのです。

このように、使い切り、くりまわすのがあたりまえのおばあちゃんの暮らしでした。

あれから四十年。夫や子どもたちのコップを見ると、皆ちょろんと水をのこしています。

「おばあちゃん、どないしよ。おばあちゃんのだいじな教え、伝えなあかん人が三人もいる。えらいこっちゃ～」

なんでもぐるぐるまわってる。ものも、こころも、命でさえも。

「ともちゃん。わるいけど、これ北川さんとこと杉本さんとこ、川上さんとこと、七条さんとこもって行ってんか。少しですがいただきものです、て言《ゆ》うんやで。よろしゅうな」

我が家はお商売をしていたわけではないのに到来物が多い家でした。毎日のように、どこからか、なにかしら届きます。おばあちゃんは、自分たち家族が食べる分を少しだけいただくと、あとは全部、お知り合い、ご近所にお福分けとしてくばります。くばり歩くのはわたしのお役目。小学生の頃、お菓子をあちこちにくばったあと「うちの分はどんだけあるんやろ」と、わくわくして台所にもどると、家族六人でたった二つということもありました。

「おばあちゃん〜。うちんちのぶん、こんだけ〜?」

わたしは、泣きそうな声でよく言ったものです。おばあちゃんは、平然とこたえます。

「そやで。そんな甘いもんいっぱい食べたら、からだに毒やがな」

そのあと続くセリフ。

「ともちゃん。あんたの母ちゃん見とぉみ。職場でもらわはったお菓子、必ずもって帰ってきはるやろ。おまん一個でもがまんして、こないしてもって帰って。みんなでちょびっとずつ、分け分けしてやな、くれはった人の気ぃと、食べんともって帰ってきてくれた母ちゃんの気ぃ、いただいとぉみ。おいしさも三倍や。あんたにこの意味わかるかいな」

その次も続く、お定まりのいつものセリフ。

「あたしが、嫁入りまえの若い時分、行儀見習いに行ってた*土田杏村先生とこの奥さまはな、到来物があったら、ご近所にくばったり、書生さんの郷里に送ったりしはるんや。自分らは気ぃだけもろぉて、ぜーんぶ、くばらはるんやで。めずらしいもんでも、おいしいお菓子でもなんでもやで。なかなかできひんことや。

えらい人やからこんなことがさらりっとできはるんか、できはるからえらい人にならはったか、や。

あんたもな、大きゅうなって、到来物がきたら、お福分けするんやで。自分らだけで食べるためにて自分とこに来たんやないえ。ご近所やお知り合い、みんなでいただくようにて来ただけえ。お福分けしたら、また、どっからか来るわいな。世の中そうできてるねん」

「何度も言わんでも、わかってる」と、わたしは、こころのなかで繰り返したものでした。

あれから四十年。そうそう到来物がこない我が家に、おいしそうなものやめずらしいものが届くと、つい、自分たちだけで食べてしまいたい衝動にかられます。「お福分けお福分け」と念じつつ、くばろうとするのですが、まだまだおばあちゃんの域に達しません。

先日、実家をたずねたら、母からじゃがいもを十個ほどわたされました。北海道の知人から送られてきたばかりとのこと。玄関にある大きな箱のなかにはもう二つしか残っていません。きくと、母はすべてご近所にくばったそうで、自分たちは二つあったら十分だと言います。

「あんたな、こんなんおいしいうちに食べてもらわな、どないするん。なんでも鮮度が命。根菜やから日もちする思ぉて、おいとくもんちゃうえ。昨日掘ったばかりのもんやからこそ、ご近所にくばれるし、よろこんでもらえるんえ。欲ばっておいといても、傷むだけや。それより、お福分けして人さまによろこんでもらえるんやで、うれしいやないの。あんたも今さき、おいもさん見て、えらいええ顔してたがな。

なんでもな、ひとりじめしてしもたら、それで終わりえ。流れ止めてしまう。なんでもな、ぐるぐるまわってんにゃあで。自分のとこで止めたら、その人はそれまでや」

母の言い方は、いつの間にかおばあちゃんそっくりになっていました。

「なんでもぐるぐるまわってる。もののも、こころも、命でさえも。このこと知ってる人と知らへん人の差ぁは大きいえ、ともちゃん」

とおばあちゃんは言っていました。同じことを母も言います。わかったような、わからないような。

わたしは、二人の足元にもおよびません。修行はまだまだ続きそうです。

＊土田杏村（つちだ きょうそん、明治二十四年―昭和九年）：大正・昭和を通じて活動した。日本の哲学者・評論家。画家の土田麦僊は兄。

あんな、年寄りはな、やさしい言葉かけてほしいねん。正しい言葉はいらんねん。

「ともちゃん。てっちゃんには、もっとやさしい言《ゆ》うたり（言ってあげなさい）。やさしゅうわかりやすう言うてやったら、てっちゃんは、ちゃあんと、わかりやるんやさかい」

部屋のそうじ機をかけるとき、わたしは結構、いえ、かなりえらそうな言いかたをして、弟を手伝わせていました。自分がそうじ機をかけるのが嫌だった時期もあり、弟にあたり散らしていたのです。弟は、何を言われてもだまってわたしを手伝ってくれていました。そんなとき、おばあちゃんに、静かに誡《いまし》められたのです。

「ともちゃん。おばあちゃんが、あんたに、そんなもの言いしたことあるか？　おばあちゃんがあんたに、そんなもの言いしたら、あんたはどんな気ぃする？」

晩年、おばあちゃんは認知症になりました。

会話ができる「こっちの世界」と、会話ができない「あっちの世界」のおばあちゃん。

ちょっとしたきっかけで、こっちの世界やあっちの世界を行き来します。

それは、風で戸がぱたんと閉じる音だったり、ご近所で赤ん坊が泣く声だったり、ピンポンと来客を知らせる音だったり、おばあちゃん自身が眠りから覚めたときだったり…。


今度は、わたしがおばあちゃんにおかえしする番。

…と思うのもつかの間です。現実には、声を荒げそうになっては、気を落ち着かせ、「おばあちゃんはあっちの世界に行っているから今は通じないだけ」と、何度、自分に言いきかせたことでしょう。おばあちゃんと通じなくて悲しくなったことも数えきれません。

あっちの世界にいるおばあちゃんには、生活のリズム、人とのやりとり、ルール、マナーはいっさい通じない。おばあちゃんのそのときの感情がおばあちゃんのルール。おばあちゃんだから、年下のわたしが言ってきかせることはどだい無理な話。言葉を使いわけ、人を使いわけして、応じてくる。

正直言うと、やさしく言葉をかけることは、わたしにとっては修行でしかなかった。「今度はわたしがおばあちゃんにおかえしする番」と、何度も何度も自分に言いきかせる一方で、きれいごとではどうにもならない、と悲しくなることもたびたびでした。

いつぞや、こっちの世界にいるときに、おばあちゃんが、つぶやいたことがありました。

「あんな、年寄りはな、やさしい言葉かけてほしいねん。正しい言葉はいらんねん。あんたらが正しいこと言《ゆ》うても、意味わからへん。何言《ゆ》うてんのんか、わからへん。あたしにとってはおこってるようにしか見えへん。あたし、そんなあかんことしてるか？」

またある日、おばあちゃんの背中をさすっていたら、ひょいと小川をまたぐように、こっちの世界に帰ってきたときもありました。

「ああ。ともちゃん。あんたか。あんたが、連れ戻してくれてたんやな。あたし、一人ぼっちでな。悲しかってん。人はいっぱいいはるのに、何言ってはるかわからへんねん。あたしの言うことだれにも通じひんねん。みんな、あたしにおこらはんねん。どうしたらええんか、わからへんかってん。ああ帰ってこれた。あんたがひっぱってくれたんやな。

ともちゃん、あたしを守ってな。やさしいしてな」

あれほど大きかったおばあちゃんが、わたしの腕のなかで小さく小さくうずくまっていました。


亡くなる二週間前の夜中二時ごろ。あっちの世界へ行ったおばあちゃんが、突然大きな声で叫びだしました。「ときちゃあ～ん。きみちゃあ～ん。けんきっちゃ～ん。」

尋常小学校時代のクラスメートです。いつもなら「おばあちゃん、静かにしよか」と声をかけるのですが、よくよくきいてみると、互いに呼び合っているよう。もうろうとしたあたまをふりきって、おばあちゃんのおでこをなでながらささやきました。

「おばあちゃん、もっかい全員呼んでみて。わたし、名まえノートに書くわ。いっしょに呼ぶわ。もしかしたら、みんなおばあちゃん迎えに、そこまで来てはるんかも知れへんな」

おばあちゃんは叫びます。あまりの大声に二階で仮眠中の父と母が起きてきたほどです。十数名のクラスメートと担任の先生。わたしもいっしょに呼びました。

あっちの世界にいるおばあちゃんと、ちょっぴりつながった気がしました。

あたしのできることは、あんたら若いもんにつなぐことちゃうやろか。

「あんなあ、ともちゃん。年とるってな、心細いことやでえ。自分が経験したことないねんから、わからんもんやし、あたりまえやねんけどな。年とるってな、昨日できたことが、明日できひんようになることやねん。それがやな、ずしんて思い知らされるときもあるし、徐々に気づかされるときもあるねんなあ。ほんま心細いもんや」

おじいちゃんを亡くした後のことだから、おばあちゃんが七十代になったころでしょうか。ごまをすりながらおばあちゃんが話し出しました。わたしは、かつお節をけずりながらききました。

「こないだもなあ、バス停行くまで十分もかかってしもたんや。今までは八分あったら行けてたのに。最後は走ったがな。走ったら下から涙も出よるしなあ。バスは行てまう、パンツはぬれるで、情けないったらありゃしない。もうつくづく、年はとるもんちゃうて思ぉたわ。昨日は昨日で、なんぼやっても針に糸が通らへん。手ぇまでふるえてくるし。どっかで自分は五十歳くらいに思てるんやろなあ。年相応がなかなか、みとめられんのやな。ほんまに、えらいこっちゃや」

わたしは、黙ってきくしかありません。

「あんな、ちょいと汚い話やけどな、昨日までたっぷり出てたうんこが今日はちょびっとしか出えへんねん。また明日たっぷり出したら問題ないわいな。それがやな、次の日になってもすっきりせえへん。野菜たりひんかったんやろか、て思うわな。ほんで野菜をたんとう食べるやろ。それでも次の日、あんまり出えへんねん。それがな、ある日を境にずーっと続くねん。下剤のんでもあかん。お医者さん行っても、病気ちゃう、言われるねん。なんやろぅなあ、このすっきりせん気持ちは。あんた、どう思う？　わかるかいなあ。まだ若いからわからへんか…」

わたしは、何も答えられませんでした。

「本とかラジオでな、今日を精いっぱい生きましょう、悔いのないよう生きましょう、て、よう言うたはるけどな。そんなんだれかてわかってる。そうしよう思て生きてまっさ。そやけど、そうしよう思う尻から、こないして、できひんことが次から次へとわいてくる。からだの調子が次から次へとわるうなる。いったい、どないせいっちゅうねん」

わたしの、かつお節をけずる手はとうとう止まってしまいました。

「ときどき、自分が自分でのぉなるときがあるねんなあ。あたしボケるんちゃうやろか、て思たりするねんなあ。うまいこと言えへんけど、なんやな、自分がちがう人になるときがあるねんな。年とるってこういうことなんかいなあ。そやけどな、死ぬのが怖いんとはちゃうねん。死ぬ前の段階の年とっていくんが、怖いんかなあ。いったい、自分はどないなるんやろぉて、心配してまうんやろぅなあ。なんなんやろぅなあ、これって」

「なあ、おばあちゃん。あたし、おばあちゃんがボケても、おばあちゃん好きやで」

絞り出すようにわたしは言いました。おばあちゃんは、きこえていないのか、続けます。

「あたしにできることはなんやろか、って真剣に考えてん。それでやなあ、ようや思い至ったことがあるねん。あたしにできることは、あんたら若いもんにつなぐことちゃうやろかってな。神さんに生かしてもろぉて、ここまできたん、ちゃあんとあんたらに伝えと

かな、ほんま罰あたるわなあ」

おばあちゃんが一人の人として、わたしのなかにはいってきた瞬間でした。寂しいような、うれしいような、ごちゃごちゃした気持ち。

「なあ、ともちゃん。そういうわけで、今日が一番若い日ぃや。ふにゃふにゃ言うてんと、やることやらなな。今のんは忘れてや。さあさ、ごますれたわ。よし！　晩ごはんつくろ」

いつの間にか、おばあちゃんは、いつものおばあちゃんに戻っていました。

おばあちゃんと五十歳ちがい。生まれて初めて計算した、おばあちゃんとの年齢差。

おばあちゃんは数え年九十九歳で亡くなりました。今、わたし四十九歳。

ということは、これからわたしは五十年かけて年をとることを日々思い知らされる一方で、日々与えられているこの命をだれかにつないでいくことになるのでしょう。

こんなことを思いながら、あの日のおばあちゃんとおなじように、ごまを炒り、ごまをする、そんな昼下がりでした。

家仕事っちゅうんは　ただの用事や思たらあかんえ。

家仕事なんてもんは　早けりゃええってもんとちゃう
やりゃええってもんとちゃう
早さもだいじやけど　それだけでは足りひん
もっとだいじなもんがある
どんだけ　楽しんでやるか
どんだけ　こころこめてやるかや
せんたくもんかてなぁ　たたみゃええってもんとちゃう
明日も　この服気ぃよう着れますようにって思いながらたたんでみ
知らん間ぁに　ていねいにたたんでるわ

それとな　家仕事っちゅうんはただの用事や思たらあかんえ
自分だいじにすることなんやで
自分と話することやなんやで
好きな人やだいじな人と話するんとおんなじくらい
自分と話するんは　だいじ
そやさけ　家仕事の時間は　だいじな時間なんや

「自分よし」の　一つやねん
自分整えるんの　一つやねん
よろこびみっけの　一つやねん
自分だいじにできひん人は人もだいじにできひん
なんぼええこと言うても　自分だいじにせん人は
だれにも　何にも響かへん

それとな　話もとにもどすけど
たとえば　せんたくもん
お天気わるい日ぃに　ひっくり返してひっくり返して　あらいもん乾かすやん
ほんで　ていねいにたたむやろ
そんな　ちっちゃい工夫や苦労を　母ちゃんは　ちゃぁんと　わかろうとしてくれる
「ありがとう　おばあちゃん
今日お天気わるかったのに　乾かすのん
大変やったやろう」
ってひとこと　言えるんが母ちゃんや
このひとことで　今日の苦労なんて　ぱ〜って忘れる
また　明日がんばろかいなって思えるんや
それはな
母ちゃんが　自分もあらいもん　そないして乾かすこと知ってるからや

母ちゃんが　家仕事だいじにしてるからや
そやさけ　家仕事はただの用事とちゃうんや
「相手よし」の　一つやねん
人のこと　わかろうとする一つやねん
よろこびみっけの一つやねん
自分だいじにしてたら　人もだいじにでけるえ
家仕事だいじに思ぉてたら　人と響き合えるえ
こころつうじるって　結局は動かな　なんも始まらん
おばあちゃんから教えられた家事の極意でした。

おばあちゃんの
魔法のコトバ・十八番

13

「家仕事しよし　ほな、自分で自分のこときいてもらえるで」

「朝早ぉ起きて、草でも抜いてみとぉみ。ぞっきんがけでもしとぉみ。自分のこと、自分でたんとぉきいてもらえるわ。すっきりするえ」

14

「あんたに言いたいことあったら　相手にもおんなじだけ言いたいことある」

「自分だけようて相手だけわるいなんてことあるかいな。胸に手ぇあてて　よ～お　考えとぉみ。あんたかて　相手に　気ぃわるいこと言うてるはずや。それか、いけずしてるはずや」

15

「せんならんもんは　せんならん」

「楽するんと　せえへんのんとはちゃうで。せんならんことは　せんならん。せんならんこと　ちゃあんときっちりていねいにしとぉみ。ほな、そのうち　楽にできるようになるわ」

第6章

乗り越える
ころばぬ先の知恵一つ

答えの見つからへんもん探しなさんな。答えの見つからへんもん口にしなさんな。

わたしたち家族は、事情があって千葉県に引っ越しました。ローンで買った家を売り、双方の両親、おばあちゃんたちをのこし、京都を出たのです。小学四年生の娘もも、小学校に入学する息子げんきを連れて。二〇〇三年のことです。

子どもの転校については細やかなこころくばりが大切だと周囲からアドバイスされ、とくに娘には細心の注意をはらいました。

その一方で息子については、転校ではなく入学だからだいじょうぶだろうと、たかをくくっていました。

息子が不登校になったのは入学して一週間たったころ。

泣いて吐く朝がはじまりました。息子は、何も言わずにホロホロ泣き、ごはんを少しし か食べません。最後にはおなかが痛いと言って食べたものを吐きます。毎日この繰り返し。「なんでこんな風になってしまったんやろう」「引っ越したんが悪かったんやろか」「一歳から保育所にあずけたんがわるかったんやろか」「いっそのこと、学校に行くのをやめさせた方がいいんやろか」、いろいろな思いがうずまきました。

夫とも毎日話あいましたが、彼は彼で転職したばかり、新しい環境、新しい職種になれるのにせいいっぱい。具体的な解決策は出ませんでした。

さらに一週間たちました。わたしの心配はピークに達しました。おばあちゃんに電話し、今の息子のようすとわたしの心配をすべておばあちゃんにぶちまけました。気づけば一時間もたっていました。わたしが話すあいだ、おばあちゃんは一切口をはさみません。やがて、おばあちゃんはおもむろに言いました。

「あんなあ、ともちゃん。あんたが一生懸命してんのは、答えの見つからへんもんみっけ、ちゃうか。答えの見つからへんもん探しなさんな。答えの見つからへんもん口にしなさ

んな。それよりも、げんきちゃんが学校からかえったら、ようがんばったな、て、ぎゅ～ってしたりぃな。それと、ももちゃんも、おんなじようにぎゅ～ってしたりぃな。あとは、ふつうに、子どもらといっしょに買いもん行ってごはんつくってお風呂はいって、ゆっくり本でも読んだったらええがな。ええな。わかったな。ほな、また明日」

「え。おばあちゃん、それだけ？」

「ほかに何言うことある？　あんた、とにかく子どもら、あったこぉ迎えたりな」

「おばあちゃん、不登校のことは？」

「不登校不登校て、あんた何言《ゆ》うてんの。あんたができることは、げんきちゃんやももちゃんやだんなさんを、きげんよぉ送り出して、あったこぉ迎えることとちゃうんか？　それ以上の何がある？　とにかく今日はこれでしまいにしよ。あんたも大変やったな。仏さんにあんじょう守っとくなはれってお願いしとくしな。もうこれ以上、心配しぃな。あ～そやそや。今日からあたし、げんきちゃんとももちゃんに電話してええかいな？」

「うん、ええけど。おばあちゃんに電話で相談したこと、子どもらに言わんといてな」

「そんなあほなこと言うかいな。あんた、あたしがだれや思てるん。だてに年取ってるんやないで。こんなんでは、あたしもまだまだ死ねんな。ほな、ほんまに電話きるで」

その日から、おばあちゃんは、毎日、子どもたちに電話をかけてきてくれました。朝は、「学校で楽しいこと見つけといでな。また夕方おばあちゃんにきかせてな」、夕方は、「どんな楽しいことあったん？」きくことはこの二つだけ。

そして、日中、子どもたちがいない間は、わたしにも電話をかけてきてくれました。

いつの間にかおばあちゃんとの電話が日課となりました。時には電話口でケタケタ笑う息子を見るようになりました。それでも、朝にはホロホロ泣き、朝食を吐く息子。

「あたしにできることはきげんよぉ送り出してあったこぉ迎えること」、何度も自分に言いきかせました。それ以外の心配はしないようにこころがけました。すると、おばあちゃんの言葉が気になりはじめました。（次項へ）

あんたはどうなりたいんや？
あんたはどうありたいんや？

ある日、おばあちゃんはわたしにききました。「あんたはどうなりたいんや？　あんたはどうありたいんや？」と。言葉はやわらかいのに、ガツンと、なぐられたような衝撃。わたしは、おばあちゃんの言葉が気になるというより、あたまにこびりついて離れなくなりました。

「ええか、ともちゃん。げんきちゃんは学校行くのにいやなことが何かあるねん。それが、何なんか本人にはわからへんのちゃうかぃなあ。なんやいろいろ絡まってるんちゃうかぃなあ。まあ、今言えるんは、げんきちゃんにとって学校は安心して通える場所じゃあないってことや。げんきちゃんは家がええんや。学校行くより家にいたいんや。学校は子どもが行かなあかんとこ、ちゅうことは、げんきちゃんはあたまでよぉわかってやんねん。せやし、行きとぉない、とか、いやや、て言わへんやろ？　がまんしてるぶん、ぜ〜んぶからだにでて、吐いたりしてまうんや。

ともちゃん。あんた、げんきちゃんにどうなってほしいんや？　こころの奥底で家にいたいって思てるげんきちゃんに、どうあってほしいんや？」

わたしは、すぐに答えられません。わたしは、息子にどうなってほしいのだろう。どうあってほしいのだろう。わたしはいったい息子に何を望むのだろう。

「げんきちゃんはなあ、お母さんが、学校へ行ってほしいと願ってんの知ってるさかい、行きともない学校に行こうと必死に戦ってるんや。ダダもこねんと、行こうと必死なんや。だまって泣いて、だまって吐いて、それでも学校行こうとしてるんや。あんたいったい、そのげんきちゃんを見て、あんた自身は、どうなりたいんや？　あんた自身は、どうありたいんや？」

おばあちゃんは、わたしに「あんたはどうなりたいんや？　あんたはどうありたいんや?」と何度も何度もききました。

あたしは、げんきに笑ってほしいねん。笑って学校へ行ってほしいねん。学校って楽しいこともあるって知ってほしいねん」

「そうか。そうか。あんたはげんきちゃんに笑ってほしいんやな。笑って学校行ってほしいんやな。学校が楽しいとこやって知ってほしいんやな。ほな、あんた自身は、どうなりたいんや? あんた自身は、どうありたいんや? よう〜お、考えとぉみ」

「あたしは…、あたしは…。

「あたしが? どうなりたいんか、って? おばあちゃん。あたし自身が、どうありたいんか、って? そんなん考えたこともなかったわ」

「そやさけ、考えるんやがな。今すぐでのぉてええから。いっかい、じっくり考えてみよし。タカさんとも、いっしょに考えとぉみ。

これでも、おばあちゃんはおばあちゃんで、考えてんねんで。げんきちゃんのこときいた自分は、どうなりたいんか。きいた自分は、どうありたいんか、って。

みぃんな、一人ひとりが考えなあかんてことやねん、これは」

「おばあちゃん。あたし。げんきが笑って学校行けるよう、本気でなんとかしたいねん。ほんまやったら、げんきと代わってやりたい。でも、そんなんできひん。そやし、あたし、げんきが笑って学校行けるよう、あたしができる、あたしが思いつく限りのことをしてみる。あたしも、笑って朝みんなを送り出したいねん。あたし自身も、夜泣かんと、ぐっすり寝たいし、朝笑って、起きたいねん…。

そやねん。おばあちゃん。あたし、朝も夜も穏やかな気持ちですごしたいねん」

「そうかそうか。あんたは、朝も夜も穏やかな気持ちで毎日すごしたいねんな。あたしといっしょやがな。

あたしもそやで、ともちゃん。よしっ。ほな、覚悟決めよし。あんたはあんたで、覚悟決めよし」（次項へ）

覚悟決めたら、道はぜったいひらけるもんやねん。

おばあちゃんは、言いました。

「そうかそうか。あんたは、朝も夜も穏やかな気持ちで毎日すごしたいねんな。あたしといっしょやがな。あたしもそやで、ともちゃん。よしっ。ほな、覚悟決めよし。あんたはあんたで、覚悟決めよし」

一瞬、何を言われたのか、わかりません。自分がどうありたいかを言った瞬間、決めろ、と言われたのです。それも、おばあちゃんは、おばあちゃんなりの確信をもってわたしに覚悟をせまったのです。おばあちゃんの声は力強く、1ミリのブレもないような言い方でした。

「おばあちゃん。覚悟決めるって、あたし、なに覚悟決めるん？　どない決めたら、ええん？」

「あんたが本気で取り組むって、決めるんやがな。

あんなあ、ともちゃん。覚悟決めたら、道はぜったいひらけるもんやねん。あんた、げんきちゃんが笑ってほしい、って、思てるんやろ。あんた今さき、できるかぎりのことをする、思いつく限りのことをする、って言うたがな。今さき、朝、笑ってみんなを送り出したいって、言うたがな。ほやさけ、本気で取り組む、って覚悟決めるんやがな。決めたあとは、それに向かって、やることやるだけや。

なんで、こないなこと言うんやてか？　それはやな、覚悟決めへんだら、人さんからのええ言葉にまどわされてまうからや。人さんはなあ、よかれと思ぉて、いろんなこと言うてくれはんねん。それ全部きいてたら、げんきちゃん、こわれてまうえ。あんたも、こわれてまうえ。そやし、覚悟決めるんやがな。

ええか、ともちゃん。これだけは絶対、ちゅうことを守るために覚悟決めるんやで。あんたらにとって、ええことはやったらええねん。そやけど、人さんがなんぼ、ええこと教えてくれはっても、あんたらの思いにそぐわへんかったら、やらへんかったらええねん」

「うん」

「しつこいようやけど、もっかい言うえ。タカさん帰ってきはったら、よう相談しよし。あんたらは、どうなりたいんか。どうありたいんか。よう考えてみよし。よ〜お考えてから覚悟しよし。本気で取り組むって二人で決めよし。二人で決めたらこわいもんなしや」

おばあちゃんは覚悟を決めろ、とせまりました。これがどれほど大切か、そのときはあまりピンときませんでした。とにかく、おばあちゃんの話す勢いに圧倒され、決めろと言われたから決めたようなものでした。

その後おばあちゃんは、「あんたらは、何をどう決めたんや」と、電話で毎日わたしにききます。おばあちゃんに答えるうちに、覚悟決めるという言葉が、小さな核として根づいたような、そんな感覚になりました。

「子どもたちに笑ってほしい。笑って学校へ行ってほしい。わたし自身も笑って暮らしたい。穏やかな気持ちで毎日を送りたい。だから、わたしたちは本気で取り組む。わたしたちは、覚悟を決めたんや」と。

ところが、五月ゴールデンウィーク明けの初日。

息子はひどく泣きました。覚悟決めたことが揺らぐほど。覚悟決めたと決めたことが、あっけなく吹っ飛んでしまいそうになるほど、息子は吐き続けました。息子の背中をさすりながら、もう学校を休ませようと、わたしは本気で思いました。

「げんき、もう学校休もっか？　げんきがこんなにつらい思いしてんの、お母さん、もう、見てられへん。げんき、もう休もう、学校。もう、ええやん。ようがんばったもんな」

泣きながらわたしは、息子に言いました。すると、息子は吐きながらも言うのです。

「行く」

「もう、ええやん。こんなに吐いてまで行かんでええって」

「行く」

息子は、オイオイ泣きながら、顔を洗いました。とろりとろりと、くつをはきました。

娘と息子三人で、トボトボ学校へ行きました。（次項へ）

全身できいたりや。口はさんだらあかんえ。言いたいことぜんぶ言わしたりや。

学校についたとたん、息子は友だちとあいさつをかわし教室へ走って行きました。わたしは、「学校をしばらく休ませよう」と思う一方で、「休ませると、友だちといっしょに学ぶことを知らずに、この子は大きくなるのか。この子から学校で学ぶ機会をとってしまって本当にいいのか」と不安がよぎります。おばあちゃんの声がこころのなかで響きました。「あんたら、覚悟決めたんちゃうんかいな。ゆらゆらゆれてどないすんねん」と。

「げんきには笑って学校へ行ってほしい、そう決めたんや。そやし、もう一度、げんきのようすを見てみよう」と考えなおし、先生にお願いして、このままこっそり参観することにしました。

教室での息子は、ガードをまとうようなかたい表情になっていました。

ところが、休み時間。友だちと外で走りまわっています。汗を振り飛ばして。このギャップがどうも理解できません。混乱したまま帰宅しました。せんたくものも干さずにおばあちゃんに電話しました。おばあちゃんはわたしの話をきいてくれました。そして、言ったのです。

「おばあちゃんが思うにはな、げんきちゃんは学校に行ってしもたら、もうふにゃふにゃ言うてられへんって気ぃしっかりたててるんちゃうかなあ。遊ぶときは元気なんやろ？　いやなことが何なんか、本人はこんがらがってわかってへんにゃろなあ。なんとかして、げんきちゃんの教室でのいやなことを、見つけたらなあかんわなあ。先生がいやなんか。教室がいやなんか。勉強がいやなんか。

なんやわからんけど、いやって思てるんを、ぼくはこれがいやなんや、って本人が気づかな、あかんわなあ。気づかしたらな、あかんわなあ。とにかく、そのこんがらがってるいやを、ほどいたらななあ。ほんで、なくしたらええんちゃうやろか。いきなりは無理やろうし、それこそ、一個一個見つけ出していかななあ」

おばあちゃんの分析はたいしたものです。

「あんたら覚悟決めたわなあ。このまえ本気で取り組むって、決めたわなあ。今こそ、ほんまに本気で考えて考えて考えてやらなあかんえ。本気でいやを見つけたらなあかん。減らしたらなあかん。

ええか、ともちゃん。あんた、げんきちゃんがポツリポツリ話し出したら、全身できいたりや。口はさんだらあかんえ。言いたいこと全部言わしたりや。そこに〝いや〟がかくれてるよってに。だいじょうぶ。それさえ取れたら、げんきちゃんはよろこんで学校に行けるって。あたしは信じてる」

この電話を機に、息子とわたしの会話がかわっていきます。

「げんきはどうやったら楽しく学校に行けるんかなあ。母さんにできることは何やろう」

「あんな、ぼくな、ここの言葉ようわからんねん。先生が何言ってはるんか、ときどき、わからへんねん。ほんでな、ぼくの言葉、笑わはる人がいはんねん。みんなで遊ぶときは楽しいねんけどなあ」

おばあちゃんの言うとおりでした。解決策は本人のなかにありました。息子の「いや」を分解すればいいのです。小さくなった「いや」をつぶせばいいのです。

わたしは、担任の先生に毎日連絡帳で報告しました。家庭での息子のようす、話す内容を、ことこまかに書いたのです。一方で、京都でお世話になった保育所の先生にも手紙を書きました。いつの間にか、担任の先生と保育所の先生が、互いに連絡を取りあってくださっていました。担任の先生は、毎朝、電話をしてくださるようになりました。息子あてに手紙を書いてくださるようになりました。何か大きな力が後押ししてくれるような感覚です。「だいじょうぶ。いつかきっと乗り越えられる」という思いが、わたしのこころに芽生えました。

近所に住む同じ学年の子どもたちと登校時間を合わせるようにしました。彼らを自宅に招き、たこ焼きパーティをしました。すると、子どもたちが毎朝我が家に来て、息子とわたしを待ってくれるようになりました。待つあいだ、家の前の空き地で遊びます。息子は吐かない朝は皆といっしょに遊ぶようになりました。空き地で少し遊んでから登校するのが日課となりました。

ある日、近所で一番のわんぱくな男の子から言われました。

「おばさんの言葉、かっこいいね！　関西弁っていうんだろ。ぼく知ってるよ！」

息子は、少しずつですが学校でも関西弁で話すようになりました。

六月になり、おばあちゃんからは手紙でなくファックスが届くようになりました。きくと、ファックスの送信方法を父に習い、おぼえたようです。もちろん電話も続いています。

「あんた、さっきファックス送ってんけど届いたか？　え？　もう届いてるん？　すごいなあ。切手代もいらんし。どんな紙でも送れるし。ええことづくしやな。あんたんとこのおかげで、あたし、ファックス送れるようになったわあ。もうこれで、こわいもんなしや」

帰宅すると、ファックスが巻物のようになって、おばあちゃんから届いていたこともありました。

九月になりました。おばあちゃんの、「げんきちゃんはだいじょうぶ」は続きます。

「ともちゃん。げんきちゃんはだいじょうぶやで。みんなが応援してる。保育所の先生も学校の先生も。

お友だちも朝さそいに来てくれてはるんやろ。だいじょうぶ。そのうち、学校に飛んで行くようになるわ。

ともちゃん。あんたな、せいぜい今のうちにげんきちゃんに手ぇつないでもろぉて学校行きな。そのうち大きゅうなったら手ぇなんかつないでもらえへんえ。お母さんお母さん、言《ゆ》うてもらえるんは今のうちだけやで、ほんま」

わたしの気持ちは、日ごとに静まっていきました。同じように、息子の状態は、薄紙をはぐようによくなっていきました。


年明けて。

気づけば、息子は吐かなくなっていました。「だいじょうぶ」は、わたしのなかで、確信にかわりました。

息子は二年生になりました。担任は男の先生。仲の良かった友だち三人と同じクラスです。おばあちゃんは力強く言います。

「二年生にあがったら、げんきちゃん、えらいしっかり声出すようになってきたなあ。げんきちゃんはだいじょうぶ。初めての場所になれるのんに、人よりちょいと時間がかかってただけや。だいじょうぶ、げんきちゃんは心配ないえ」

朝晩のおばあちゃんからの電話とファックス、担任の先生からの電話と手紙、友だちの登校時の誘い、自宅前での遊び、母親同行の登校は日常となり一年半がすぎました。

そして十月のある朝。

「ぼく友だちと学校へ行くわ。お母さん、もうついて来んでええで。行ってきま〜す！」

息子はわたしに言い放ち、友だちといっしょにかけだして行ってしまいました。

何も前触れもない突然の幕切れでした。

わたしは呆然と立ちつくしていました。どれほどその場に立ちつくしていたのでしょう。もっていたサッカーボールが手元からすべり落ちてはじめて、われにかえりました。

おばあちゃんに電話すると、

「げんきちゃんは、もうだいじょうぶ。ももちゃんも、だいじょうぶ。ようがんばったな、ともちゃん。ほんにようがんばった。げんきちゃん、ほんま、ようがんばりやったなあ。よう、乗り越えやったなあ。ともちゃん、いっぱい泣いてええよ。いっしょに泣こう」

すべて、おばあちゃんの言うとおりでした。

この一年半をわたしは決して忘れません。

子どもの苦労、とってしもたらあかんえ。乗り越えられるよう見守ったらなあかんけど。

息子が楽しく学校に行くようになった翌年、またもや都合で京都に引っ越しました。四月下旬。今度は六年生になった長女のももから、笑顔が消えました。きっかけは、転校先で禁止となっているシャープペンシルを、娘が知らずにもって行ったこと。クラスで人気の男の子が、そのシャープペンシルについて娘に話しかけ、会話がはずんだようです。その男の子に好意をよせる女の子が、発言力のある子だったことも要因の一つでしょう。そんなことから、「いけず」は静かにはじまりました。息子のげんきの不登校のとき以上に、こころをいためる毎日がはじまりました。

でも、わたしたち家族は乗り越えることができました。おばあちゃんの教えてくれた、「答えの見つからないものを探さない、口にしない」「自分はどうありたいか」「覚悟決める」

ことに、わたしたち一人ひとりが、繰り返し繰り返し、取り組んだからだと思います。「だいじょうぶ」を信じたからだと思います。

おばあちゃんは、会うたびに言いました。

「若い時の苦労は買うてでもせぃ、ていうやろ。昔の人はよう言うたもんや。あんなあ、ともちゃん。苦労ってな、かんたんに手に入れられるもんちゃうえ。買おう、思ても買えへんえ。苦労が自分の思うとおりに、向こぉから歩いてやってくるかいな。苦労は、まあ言わば、神さんがくれはるプレゼントやな。苦労もろたら、逃げるんか、へしゃげるんか。はたまた、向き合うんか。それは、苦労もろぉた、その人次第。神さんは越えられへん苦労は与えはらへんにゃあし、安心して苦労せおったらええわいな」

「言うとくけどな。だれかて、はじめからすぐに、覚悟決められるもんちゃうんえ。覚悟決めんならん場面が何回も何回もふってわいてくるねん。覚悟決めなやっていけへんほどのことが、何回も何回もふってわいてくるねん。そうやって、乗り越えてくうちにやな、覚悟決められるようになるんや。おまけに、覚悟決めるんが早うなるんや。今回のももちゃんのときも、あんたら、そやったんちゃう?」
「あんなあ、ともちゃん。苦労したら苦労した分だけ、人のこころの痛みわかるねん。それとなあ、苦労したら苦労した分だけ、覚悟決めるんが早《はや》なんねん。成功してはる人とか、うまいこと生きてはる人、よう見とぉみ。それだけの数、覚悟決めて、せんならんこと、たんたんとしてきはっただけやねん。その人たちはな、覚悟決めんのんがちょいと人より多ぉて、ちょいと人より早いだけ。おまけに、人のこころの痛み知ってるときた。そら、成功するわいな」

「そうそう。子どもらの苦労、あんた、とってしもたらあかんえ。乗り越えられるよう見守ったらなあかんけど、とってしもたらあかんえ。母親はなあ、子どもが苦労しそうになると、すぐに手ぇ出す。まあ、性分っちゃあ性分やねんけどな。せっかく神さんがくれはる苦労味わわしたらな、子どもら大きゅうならへんえ。ええな、わかったな」

「それとなあ。最後に、もいっこ、ともちゃん。人に頼るとか、頼らんとかあるやろう」

「自立と依存のこと？　おばあちゃん」

「そうそう、それそれ、それやがな。なんや、世間では、自立はようて、依存はあかん、みたいなおかしなことになってるみたいやけど。ほんまは両方だいじやねんで。葉っぱの裏と表とおんなじや。自立も依存も両方できる人になりな、ともちゃん。両方できたら、苦労もちょぃと楽に乗り越えられるようになるわ。あたしはそう思うで」


「人生なんて苦労の連続。そやけど、乗り越えられへん苦労はあらへん。それとな、覚悟決めて乗り越えた人だけが見える景色があるねん。ええかっこしいで言うたら、深いよろこびちゅうことや。ほんまに。この年になって、あたしもようや、わかったことや」

と話すおばあちゃんは、御年九十二歳でした。


おばあちゃん。ほんまにありがとう。次から次へとやってくる試練、なんとかなんとか乗り越えてここまでやってこれたん、おばあちゃんの教えのおかげや。おばあちゃん。

おばあちゃんの
魔法のコトバ・十八番

16

「かまへん、かまへん。命までとられへん」

仏画を描いてるおじいちゃんの横でふざけてて、にかわ液を絵の上にこぼしてしまったとき、おじいちゃんは怒りを通り越してぶるぶる震えていました。そこへおばあちゃんのこのひとこと。そして。「ええな、同じあやまちは二度としたあかんえ」

17

「あがってもさがっても　止まってもええんや」

「しんどなったら　しゃがんだらええ。今はじぃっとしてたらええ。また、立ちとぉなるときもくる。歩きとぉなるときもくる」わたしが過労から歩けなくなり退職を余儀なくされ三か月自宅療養してたときに。

18

「だまされた思ぉて　おばあちゃんの言うとおり　いっぺん　しとぉみ」

何度きかされたことでしょう。言うことをきいてだまされたことは一度もありません。きかずに失敗しても「ほれ見てみぃ」とは決して言わなかったおばあちゃん。気づくまで待っててくれていた。

おわりに——おばあちゃんから届いたお祝いの手紙

おばあちゃんのことを書くと決めたのは、おばあちゃんが亡くなった二〇一二年十一月。おばあちゃんが言ってたことを伝えよう、おばあちゃんに教えてもらってたことを伝えよう。いいもわるいもおばあちゃんのことを伝える人はわたししかいない。そう思いました。

原稿を書いている最中の五月。ひょんなことから、おばあちゃんからもらった「お祝」と書かれた封筒が出てきました。何のお祝いかさえわかりません。数枚の旧紙幣とともに、手紙がはいっていました。

「今日は平成十年十一月二十日
貴女の書いた原稿が活字になって本として出たと云ふことは何とも嬉しい
記念すべき日で　この手紙を書いてゐます
ほんとうに　お目出度う

今後益々の精進のほど祈ってゐます
早速おぢいチャンに報告しました
朋ちゃんえ

玉砂利のきしむ音にも秋深む　　佐和女」


このときのわたしは、長男を出産して一年過ぎたころ。四歳の長女を保育所にあずけ、長男を背負って仕事をしていました。字を書くどころか、本を読む時間さえとれません。ましてや原稿が活字になるなんて。

おばあちゃんはどういうつもりでこの手紙を書き、わたしはいったいどういうつもりでこの手紙を平然と受け取っていたのでしょう。

まるで、すべてがはじめから用意されているかのような、この不思議。

おばあちゃんは、知っていたのでしょうか。

これがわたしのスタートです。

わたしを励まし、新しい世界を見せてくれた夫。応援してくれた子どもたちと四人の両親。そして信頼のおける相談相手であり助言者の小久保美紀さん。わたしを本の世界へ導いてくださった天才工場の吉田浩さん、石野みどりさん、坪本英男さん、一木秀幸さん、今井友彦さん、甲斐公将さん、藤森悠二さん、細川貴世さん、上原那恵さん。わたしを見出し、わたしのうちにあるものを引き出してくださったじゃこめてい出版の石川眞貴さんをはじめ、たくさんの方々の応援があって、今のわたしがいます。こころから感謝申し上げます。ありがとうございました。

二〇一三年八月　新月に

たなか　とも

たなか　とも

両親が共働きだったため祖父母に育てられた。幼いころからの愛読書は『少女パレアナ』。どんな苦しい状況でも「よかった探し」をする主人公の成長物語に自身を投影させながら育つ。なんでもよろこぶことが自身の礎となっている。大学で老人福祉・乳幼児教育を学ぶ。３人の祖父母の看護と看取りを経験する。祖母の遺言『よろこびなさい』の真意を多くの人に伝えようと執筆活動を開始。夫と２人の子どもと京都に在住。日本尊厳死協会会員。

装丁・イラスト／Kre Labo　石川真來子
DTP制作／Kre Labo

99歳　ちりつもばあちゃんの幸せになるふりかけ

平成25年9月20日　初版第１刷
平成26年1月6日　第３刷

著者　たなか　とも
発行人　石川嘉一
発行所　株式会社　じゃこめてい出版
〒101-0051
東京都千代田区神田神保町2-32前川ビル
電話　03-3261-7668
FAX　03-3261-7669
振替　00100-5-650211
http://www.jakometei.com/
印刷所　株式会社 上野印刷所

ISBN 978-4-88043-432-2 Cコード0095